金东里小说论评

林春颖／著

吉林大学出版社

·长春·

图书在版编目（CIP）数据

金东里小说论评 / 林春颖著. —— 长春: 吉林大学
出版社, 2024.3
ISBN 978-7-5768-2389-9

Ⅰ.①金… Ⅱ.①林… Ⅲ.①金东里–小说评论
Ⅳ.①I312.607.4

中国国家版本馆CIP数据核字（2023）第212720号

书　　名：金东里小说论评
JIN DONGLI XIAOSHUO LUNPING

作　　者：林春颖
策划编辑：张宏亮
责任编辑：张宏亮
责任校对：魏丹丹
装帧设计：雅硕图文
出版发行：吉林大学出版社
社　　址：长春市人民大街4059号
邮政编码：130021
发行电话：0431–89580028/29/21
网　　址：http://www.jlup.com.cn
电子邮箱：jldxcbs@sina.com
印　　刷：三河市嵩川印刷有限公司
开　　本：787mm×1092mm　　1/16
印　　张：13.5
字　　数：150千字
版　　次：2024年3月　第1版
印　　次：2024年3月　第1次
书　　号：ISBN 978-7-5768-2389-9
定　　价：68.00元

目　　录

第一章　研究缘起

第一节　问题的提出

在韩国现代小说史上金东里小说的地位是不可撼动的，如果除去金东里和他的小说，那么韩国小说无论是精神史还是美学史，抑或历史和诗学的叙述都将不可能。自20世纪30年代在《朝鲜中央日报》"新春文艺"发表短篇小说《花郎的后裔》开始，直至20世纪90年代，金东里笔耕不辍，在小说、诗歌、散文、评论等诸多领域成绩斐然。

1934年12月末金东里收到《朝鲜中央日报》分社的当选通知，1935年1月朴泰远便撰写了题为《以新春作品为中心》的评论文章，可以说，对金东里文学的评论几乎与他的作品同步发表。从20世纪30年代至今，韩国对金东里文学的研究从未间断，他的《乙火》一度在诺贝尔文学奖候选作品中排位第五，这更是激发了研究者的持续研究兴趣。

特里·伊格尔顿（2021）说："文学作品无一例外诞生之际便沦为孤儿。"意在指明文学作品出版之后，不受作家左右的现实情况。尽管金东里在他的散文、评论中乐此不疲地谈论小说的创作动机、素材来源、思想倾向，等等，但读者和评论家们还是读出了与他的观点不同的，甚至是相反的内容。

韩国学者李在铣（1998）指出，韩国文学研究和批评不像想象得那么多样化，仅金东里研究就存在太多同义反复的解释，而且批评视角也不够多样，一边倒的倾向明显。同时，阐释的方法论也偏向于神话诗学、创作手法等，金东里作品世界的多样面貌实际上没能得到多样的阐释。因此，对于金东里文学来说，需要更多元的阐释和解读。

第二节　研究现状梳理

金允植（1995）在《金东里及其时代》中表明，《花郎的后裔》当选当月，朴泰远在《朝鲜中央日报》发表题为《以新春作品为中心》的月评文章，指出《花郎的后裔》具有李泰俊的《怀才不遇的先生》的影子，这应为对金东里小说的最初评论。

中韩学界的金东里文学研究存在三大特征。一是学者们尝试采用多种方法阐释金东里文学的不同侧面。二是很多研究者围绕金东里对自己小说的解释展开研究。金东里将自己的小说分为儒教小说、佛教小说、萨满教小说、社会小说等，并使用"与神性""追求终极人生的形式"等阐明自己的文学追求。研究者围绕这些方面展开了研究。三是成果数量繁多，据笔者统计，韩国有关金东里文学的研究论文五百余篇，仅硕博论文就达百余篇，研究成果相当丰富。在众多的研究成果中，本书选取具有代表性的论著、博士论文和期刊论文，综述如下：

一、作家研究

早在1996年，金贞淑（1996）就撰写了金东里传记，她对自己的写作归纳如下：第一，在阐明作家生活履历方面，运用了历史主义方法和实证主义方法，通过搜集大量文献资料和现场调查，力求客观叙述；第二，运用心理学批评方法，将作家的生活和文学联系起来；第三，在阐释作品方面，运用了主题学、符号学、结构主义、现象学、神话原型批评、后殖民主义等批评方法。金贞淑的传记成为此后金东里文学研究者必不可少的重要的参考文献。

金允植将金东里小说置于社会历史背景和文学背景中探讨，以金东里的人生经历和他的小说、评论为论据，论证金东里及其文学观。他的金东里研究著作《金东里及其时代》（1995）、《解放空间文坛的内面风景》（1996）、《与萨班的对话》（1997）、《解放空间韩国作家的民族文学写作论》（2007）均属此类。金允植对金东里及其文学的深度解析为系统把握金东里其人、文论及作品起到了里程碑式的作用。他在《未堂的语法与金东里的文法》（2002）一书中，厘清了金东里与徐廷柱的生平、交友关系，同时，比较了他们的创作手法和文学特征的异同，阐明了金东里文学特征产生的来龙去脉。金允植对金东里的研究，无论在作家研究还是作品研究方面都更具广度和深度。此后有关金东里文学的研究大体上都引用或参照金允植的观点。

一些学者从精神分析角度分析了金东里儿时的经历和原生家庭对其小说产生的影响。赵会京（1996）认为金东里文学精神与他的"个人神话"相关。"个人神话"源于幼年和少年时期的精神创伤，对作家来说是创作灵感的源泉。研究认为，金东里对死亡的感知与缺少爱有关，长兄颠沛流离的生活让他经历了欲望的挫折。赵会京将金东里终其一生探讨的问题归为爱、死亡和欲望。赵会京认为金东里小说表现了上述三个观念的丧失、缺乏和挫折以及转换为坚韧的生命力的过程。对内在生命的执着是金东里小说的核心动因，并持续作用于他的全部作品当中。赵会京还指出金东里文学的根本难题在于不能明确划分宗教、哲学和小说的领域，这是金东里小说的美学特征，也是根本的局限。洪基敦（2003）提出对金东里的评论时下存在两种相反的观点：作品研究主要分析死亡意识，评论研究主要阐明权力意志。他认为，金东里研究的这两种面貌与他的躁郁症征兆有关。金东里对令他幼年和少年时期感到不幸福的父亲抱有诅咒和愤怒的情绪，但在无意识层面上又恐惧会受到父亲的惩罚。这种攻击性和恐惧交错反复，形成了躁郁症征兆。金东里由于躁郁症征兆无法直面外部世界，他选择长兄凡父作为他与外部世界交流的媒介。金东里以凡父为范本建构自己的世界。金东里对意识形态的批判以及第三人本主义的主张，抑或解放后以岭南文人为中心组建青年文学家协会均受到凡父的影响。与凡父异地相处的金东里甚至会出现身体上的病痛，可见金东里对凡父的依赖极深。但从1948年初开始，金东里对半神似的凡父表现出认识的变化。小说《驿马》、评论《文学之我见》等可见这种迹象，金东里去除凡父神性的努力在《玛利亚的怀胎》《木工约瑟》《复活》《萨班的十字架》中也可得到确认。洪洙英（2014）认为金东里是在"母性"世界中追求"父性"的作家。论文解释了母性、父性、"母性的变化""纯粹文学的政治性"等概念。具体地说，"母性"和"父性"并非指作为母亲、父亲的女性体验和男性体验，而是精神分析学和认知科学用语，是针对幼时经验提出的概念。母性和父性是指从幼儿时期开始在家庭结构中反复认知并烙刻的图式，这个图式以想象力的形式在认知外部世界和文学再现过程中发挥作用。"母性的变化"是指从符号系统的母性变为俄狄浦斯的母性，再到符号系统的母性爆发的过程。符号系统虽然被象征系统压抑，但始终留存在象征系统的另一面，引起象征系统的龟裂，赋予象征系统生机。"纯粹文学的政治性"意在指明政治性是金东里文学变化的推动力。金东里文学可分为父性系列和母性系列，政治性在两个系列中以不同的方式表现出来。银美淑（2017）运用荣格的心理分析方法，分析金东里小说中叙事自我的主体性探索过程，阐明金东里的"终极人生"的意义。她认为，这些小说具有叙事自我以"原型"为媒介探索主体性的共同特征。她将叙事自我对主体性的探索分为三类：一是原型成为推动力，叙事自我想要发现主体性，但还处于过程之中，原型受到压抑。但以此为契机，加深对主体性的认识。例如，《黄土记》《驿马》《堂坡萨满》的叙事自我因固有个性被外部势力压抑或剥夺而感到痛苦，并以此为契机探索主体性。二是，以原型空间或人物为媒介探索主体性。例如，《巫女图》《龙》《曼字铜镜》的叙事自我通过沉潜来探索主体性。沉潜具有双重意味：通过省察、思索深入自己的世界，或者沉入深水之中不再露面。三是历经艰难的成长过程，直面原型，走向正体性确立的阶段，但仍具局限性。例如，《等身佛》《乙火》《萨班的十字架》表现了叙事自我在确立主体性的过程中经历了无数的困难和障碍，需要不断努力和忍耐。因此，确立主体性的过程是失败和挫折、绝望和痛苦的过程，克服这些便能够确立主体性，否则将招致失败。

二、作品研究

1. 主题思想研究

（1）宗教思想

对金东里小说的佛教思想和萨满教思想的研究是金东里文学研究成果的重要组成部分。这些研究通过细致的文本分析，基本达成了一致的研究结论，即金东里小说中的佛教和萨满教并不是这两种宗教的本来面目，而是金东里为表现他的"对终极人生的追求"而加工处理过的。

韩承玉（1995）考察了以佛教为背景的韩国现代小说，认为此类小说的结构大体有两种：一是幻梦结构；二是探索结构。这两种类型的共同点是都指向顿悟。金东里的《等身佛》属于探索结构小说，不仅表现个人的觉悟，还宣传利他性质的施惠。《等身佛》结尾部分虽有些消极和神秘色彩，但最终表达的不是个人的"生存"，而是暗示着为了普度众生而应牺牲自己。尹孝善（2006）综合考察了爱国启蒙运动时期、日本殖民时期、解放后、20世纪70年代、80年代，直至2003年为止的韩国小说中出现的萨满教。文中指出，发表于1936年的《巫女图》首次表现了新教在朝鲜半岛以高级宗教之名扩散并与萨满教发生冲突的场景，将家庭矛盾扩大为宗教矛盾。招魂仪式中萨满毛火自沉"艺妓沼"，象征着水是生命之源，水在萨满教中具有的净化功能和救赎死者的再生功能。白志英（2008）研究了从近代思想进入朝鲜半岛的开化期到近代化矛盾突显的20世纪70年代的小说，以萨满形象为中心，分析萨满教对韩国人产生的作用。文中指出，萨满从开化期的负面形象到70年代以后表现出民众性、传统性（《乙火》）、艺术性等象征性。而这种象征性全部以金东里的作品为出发点。金东里在原作《巫女图》中创造了民众性和传统性，在《乙火》中通过巴利公主传说使萨满教获得了艺术性，这种艺术性被韩胜源的作品延续下来。由此，他认为研究萨满教小说时金东里是不可不谈的作家，他创造了韩国文学萨满形象的原型。赵南玄（2008）将庆州看作金东里小说思想的重要标志，他认为庆州城内是佛教世界，城外是萨满教的世界。城内和城外可视为中心—边缘、支配—被支配、历史—传说等对立关系。《乙火》《曼字铜镜》中的坍塌的城、任谁都能越过的石堆、城的缺口等象征着城内和城外的区分渐渐不明显。这样，萨满教就不单存在于城外，而是在城内和城外的警戒线或连接点上。他认为金东里数十年间的创作活动都暗示了萨满教不是边缘的，而是位于连接中心和边缘的位置。方旻华（2010）系统分析了金东里小说反映的佛、儒、道、萨满教和花郎思想。

（2）生命意识

李光丰（1985）分析了金东里小说的生命意识和神话色彩。他认为无论科学如何进步，时代如何变化，对自然具有与众不同认知的作家仍把人看作自然的一部分，努力在自然中寻找人的面貌，他将此称作"神话思维"。这表现为现代小说中金东里的《巫女图》、李孝石的《荞麦花开之际》、李清俊的《鸟和树》等把人与动植物同等看待；金东里的《月》、吴有权的《士大夫的后裔》、金胜源的《火的女儿》表现出人诞生和活动的原动力来自宇宙的能量；金东里的《黄土记》和《驿马》、李清俊的《仙鹤洞旅人》把地理空间和人的生活紧密联系起来。论文还提出，现代作家在小说中常表现死亡，这是因为通过谈论死亡，人才能从死亡的恐怖中摆脱出来。金东里的《月》表现了人诞生于水、月光等宇宙的能量，死后回归到本源（月），具体表现这种神话思维的小说还有《堂坡萨满》《池塘》等，这些小说表现了人对于死后回归的乐园的极大期待，金东里的《冥鸟》、柳周铉的《某个下午的混沌》表现了人对灵魂不灭和还生的想象。

李振雨（2000）从"对死亡的认识和矛盾""萨满教的死亡和救赎""自然和回归本源欲望的生与灭"三部分研究了金东里小说中死亡的深层意义。李振雨认为，金东里文学在无限的宇宙中追求永恒，从根本上说是人通过回归自然，克服对无法回避的命运——死亡的恐惧。同时，人为在此生获得充实的生活，期待通过救赎获得永生。金东里小说中无数人物的生与死都是金东里通过展现救赎的过程，刻画他们对此生的执着。

2. 人物形象研究

崔恩英（2010）研究了金东里20世纪30年代的抒情小说，认为金东里小说去除了历史性，制造了以乡土空间为基础的封闭社会中顺应命运的小说人物。小说人物感受到对"生"的强烈欲求，同时在传统风俗社会中循环往复。金东里描写的世界是非现实的典型，他选择这些不具有当代性的典型来表现生与死以及人的本源情感。金东里小说的主要特征可谓这种人物形象和象征的反复，将超自然的信念和神秘感作为描写的动力。在世界观方面，金东里将超越性的世界设定为人工的世界，人要克服现实的悲剧命运，进入内在和解的世界，进而达到世界和自我的合一。郑哈妮（2014）以20世纪30年代中叶"卡普"（朝鲜无产阶级艺术联盟的简称）解散到朝鲜半岛解放之前的日帝末期的小说为对象，分析小说中的青年形象。论者从金东里强调"新一代的文学精神不是归属哪种思潮或理论，而是重视人生和人的个性的文学"出发，指出金东里初期短篇小说将日帝末期青年一代所处的正体性混乱的问题以青年虚无主义者形象表现出来。但同时，他相信青年具有冲破虚无主义现实的力量，对青年一代的新一代文学精神表现出期待。

3. 艺术手法

朴赞斗（1994）从"内容时间"和"形式时间"两个角度分析金东里小说，"内容时间"运用了东方时间，即"阴的时间""阳的时间""阴阳的时间"等，"形式时间"分为"叙述上（时制上）的特征""封闭结构和开放结构"等。研究认为，金东里小说的"内容时间"和"形式时间"具有紧密的关联。同时，框式结构有助于小说在时间上自然运用循环的、原型的、内容的时间，内容和形式成为一体，不可分离。与西欧的时间论相比，金东里小说更加依赖东方的时间论，成就了他的小说含蓄的、多样的深层特征。金东里将死亡和自由视为文学源泉，小说表现的观念要素，即萨满教、民俗世界、佛教、儒教、虚无主义、人本主义以及人神交感，以及小说的内容和形式都以时间为绳连成一体。申贞淑（2011）以金东里20世纪30年代至70年代的小说为研究对象，从"神话象征的想象力""诗性象征的想象力""物质想象力"等方面，探讨小说表现的近代以来人的分离意识和由此产生的绝望、痛苦以及克服这些的强烈愿望。研究认为，金东里小说中近代人的分离意识是通过神话（宗教）、人与人的沟通、伦理（爱）的实践、理想共同体（民族/国家）的形成等来克服的。随着朝鲜半岛解放，金东里认识到近代人的分离意识应该采用近代的方法表现出来，神话世界观渐渐淡出了他的小说，这样，金东里的小说逐渐表现出现实倾向。金东里小说虽表现出多种文学色彩，但克服近代人的分离意识的强烈愿望贯穿始终。他的小说始终表现出对自我和他者的分离意识的洞察，并不断地寻求克服方法。但由于金东里也处于近代时空之中，克服分离意识终究不可达成，从这个层面来说，金东里对近代分离意识的克服方法的孜孜探索使他的小说成为自我—他者的浪漫阐释的依据。

4. 比较文学视角的研究

黄致福（2005）认为金东里与鲁迅、夏目漱石一样都是反近代主义文学思想家。他从历史观、自然观、伦理观、文学观四方面阐明了三者的共同点。单就金东里来说，他认为，金东里的历史意识具有黑格尔辩证法的历史观特征，是一种近代进步史观。金东里认为西方历史是在神本主义和人本主义的对立和扬抑中发展的，正如黑格尔主张的那样，金东里也认为历史的核心要素是伸张人的自由。但从内容上看，金东里的历史观具有神本主义招致堕落、人本主义带来净化这种一治一乱结构的循环史观形态。即，历史是堕落和净化的反复。金东里的思维具有复古色彩，从过去神人和谐的原始历史中发现未来的前景。金东里的自然观是东方有机的自然观，与西方近代机械主义自然观相异。金东里的自然观最大的特征是将自然看作生命，而不是物质或科学法则。金东里的自然观与唯物论的物质的自然、以爱弥尔·左拉为代表的自然主义的科学法则的自然概念相对。金东里认为自然是一种生命现象，坚持"活生生的自然"这一说法。黄致福认为，金东里所说的"用'自然'代替'神'这个词也可以"意味着自然是神一般的存在或神存在于自然之中。金东里用东方的"神明"来指称神性自然，指天地自然的精灵或神灵。金东里的文学观是立足于文学有机体、生命体，是探索神性要素的文学，具有浪漫主义色彩。对金东里来说，作家好比造物主，作品是具有生命的被造物。金东里文学的有机论视角倾向于整体论，强调文学的普遍性和永恒，他认为，高度阐释或批评超越时代和社会的、人类那"最普遍的根本（命运）"才是真正的文学思想。李彦红（2017）分析金东里和沈从文小说中表现的人的欲望、痛苦以及寻求解脱的救赎方法，从"追求外部修行""追求爱""追求平等心"等方面进行了研究。全成光（2018）指出，金东里和沈从文从20世纪30年代开始发表了民族的、地方文化色彩浓厚的小说。他们的小说具有许多相似之处：本乡文化浓厚的萨满教氛围、基于人本主义的"纯粹文学"精神、对死亡的深刻省察、反近代性、热爱自然、回归自然、对"终极人生"的孜孜探索等。特别是两位作家从萨满教中找到了克服近代西方强势文化的方法，即人与神、人与自然的融合。此外，多名学者将金东里文学与外国文学进行了比较考察，例如，金东里与沈从文、奥地利作家卡夫卡、日本作家芥川龙之介、泰国作家西巫拉帕、法国作家莫里亚克、土耳其作家费利特·奥尔罕·帕穆克、尼日利亚作家钦努阿·阿契贝、美国作家纳瓦拉·斯科特·莫马代等。（金熙宝（1978）、崔兰玉（2003）、阿武正英（2003）、赵思玉（2010）、郑长镇（2008）、柳海春（2014）、安尚元、陈恩京（2017）、姜永基（2018）、张丰硕（2021））总体来看，比较文学视角的金东里文学研究，覆盖了德语文学、泰语文学、日语文学、法语文学、英语文学、汉语文学等多种语言文学，涉及中、英、法、美、日、土耳其、泰国、尼日利亚等多国作家作品。但在任何一个领域都尚未展开广泛而深刻的研究，这表明在比较文学领域金东里文学将有更为广阔的讨论空间。

三、金东里小说中表现的伦理和道德问题

值得注意的是，除上述研究成果之外，一些研究者还关注了金东里小说对伦理和道德问题的表现。申东旭（1981）一方面将金东里小说与社会、时代、人的生活联系起来，阐明其对民族、文化的诠释；另一方面，细致分析了《喜鹊的叫声》表现的对人的道德的恢复以及自我与世界的统一这种道德的希求。李絜（2011）认为，金东里小说中"社会空间"将政治制度和经济体制的压力作用在人物身上，小说人物之间的伦理矛盾表现出"伦理对立"的结构。黄致福（2005）指

出，金东里的伦理观具有克服人类中心主义的问题意识。他的伦理观不是人与人之间的伦理，是人与自然关系中形成的伦理。金东里的伦理是"作为终极生活形式的伦理学"，他认为人和天地之间具有不可分离的有机关系，对于这种有机关系，人被赋予了共同的命运，人应该发现这种共同的命运并致力于冲破它。这就要发掘人内在的神性，发现一条通往无限和永恒的路，从这个层面来看，金东里的伦理课题具有神秘倾向。

参考文献

白志英，2008. 韩国小说中的巫俗研究［D］. 首尔：世宗大学.

崔恩英，2010. 韩国现代抒情小说研究：以李孝石、李泰俊、金东里为中心［D］. 首尔：高丽大学.

方旻华，2010. 现代小说与宗教想象力［M］. 首尔：学古方.

韩承玉，1995. 韩国现代小说与思想［M］. 首尔：集文堂.

洪基敦，2003. 金东里研究［D］. 首尔：中央大学.

洪洙英，2014. 金东里文学研究：以纯粹文学的政治性与母性的变化为中心［D］. 首尔：首尔大学.

黄致福，2005. 东亚近代文学思想比较研究——以夏目漱石、鲁迅、金东里的反近代性为中心［D］. 高丽大学.

金允植，1995. 金东里及其时代［M］. 首尔：民音社.

金允植，1996. 解放空间文坛的内面风景：金东里及其时代2［M］. 首尔：民音社.

金允植，1997. 与萨班的对话：金东里及其时代3［M］. 首尔：民音社.

金允植，2002. 未堂的语法与金东里的文法［M］. 首尔：首尔大学出版部.

金允植，2007. 解放空间韩国作家的民族文学写作论［M］. 首尔：首尔大学出版部.

金贞淑，1996. 金东里的生活与文学［M］. 首尔：集文堂.

李粲，2011. 金东里文学的反近代主义［M］. 首尔：抒情诗学.

李光丰，1985. 现代小说的原型研究［M］. 首尔：集文堂.

李彦红，2017. 金东里和沈从文的佛教小说研究：以救赎小说为中心［D］. 水原：亚洲大学.

李在铣，1998. 有关金东里文学的评价［G］. 李在铣. 金东里. 首尔：西江大学出版部.

李振雨，2000. 金东里小说研究：以死亡意识和救赎为中心［D］. 首尔：成均馆大学.

朴赞斗，1994. 金东里小说的时间意识研究［D］. 首尔：东国大学.

全成光，2018. 金东里和沈从文小说的萨满教比较研究［D］. 首尔：首尔大学.

申东旭，1981. 金东里小说中的悲剧人生：以《巫女图》改作为中心［J］. 东方学志，28：219-245.

申贞淑，2011. 金东里小说的文学想象力研究［D］. 首尔：延世大学.

特里·伊格尔顿，2021. 文学的读法［M］. 福州：海峡文艺出版社.

银美淑，2017. 金东里小说研究：以叙事主角的"自我认同性"探究为中心［D］. 水原：亚洲大学.

尹孝善，2006. 韩国现代小说对"巫"的接受［D］. 首尔：成均馆大学.

赵会京，1996. 金东里小说研究［D］. 首尔：淑明女子大学.

赵南玄，2008. 韩国现代文学思想的发现［M］. 首尔：新丘文化社.

郑哈妮，2014. 日据末期小说中的"青年"象征研究［D］. 首尔：首尔大学.

第二章　金东里的文学观：为"纯粹文学"辩护

第一节　文学与"创作文学"

金东里既是小说家，又是文学评论家。在创作体裁上，除小说以外，他还涉猎诗歌、随笔等。在金东里的许多随笔和评论中，他十分关注并围绕文学的概念、形式、创作方法等问题展开论述，小到有关"现实"的概念是什么，大到什么是"文学"，只要是与文学相关的问题，他都认真思考并形成文字。

1952年2月金东里的《文学概论》初版发行，1953年5月发行至第三版，1984年经过增删、修正之后再次出版，2013年适逢金东里诞辰百年，为纪念这位韩国现代文学巨匠，"金东里纪念事业会"再次将其出版，书名改为《文学是什么》。

在这本书里，金东里探讨了文学的定义、起源、形态，"创作文学"的领域、意义、要素，文学的内容、形式，以及诗、小说、随笔、评论等文学体裁，阐述了近代文学的精神，简介了近代文艺思潮、现代文学和韩国的新文学等。

金东里在初版序言里写道："真正的世界文学的空间对象应该是整个世界，这是毋庸赘言的。特别是对亚洲古代文化民族（中国、印度等）的文学重视程度应不亚于欧洲文学。我是韩国人，我认为韩民族的传统文学具有的意义和位置，以及价值也应该适当地考虑进去。这样，真正的世界文学的明天才会到来。"本节结合这本书中的观点，阐述金东里的文学观点。

一、创作文学与散文文学

金东里将广义的文学分为创作文学和散文文学，狭义的文学专指创作文学。广义的创作文学包括诗、小说、戏剧、随笔、评论，狭义的创作文学只包括诗、小说和戏剧。

散文文学指阐明、论证、批判既存事物的形态、意义、性质、价值、目的等的文章。散文文学在功能上不具有创造行为。金东里（2013a）[36]说摩尔顿将哲学、历史、雄辩看作散文文学形态的三种基本要素，但是，现今，属于这三种要素的文章种类已经十分复杂。首先，仅就哲学来说，从前由形而上学、认识论、伦理学、美学等形成体系，近来拓展为历史哲学、法哲学、教育哲学、政治哲学等多种专门的哲学门类。

金东里指出，与散文文学不同，摩尔顿的创作文学应是为存在的世界附加新的事物，今天的各种诗歌、小说、戏剧是创作文学的基本体裁，以个人心性和主观见解为主调的随笔和文学评论等也属于这类。

创造文学的语言与散文文学不同。散文文学的语言从认识、判断、解释、评价客观事实的意愿和目的出发，但创作文学的语言是从自己内部的冲动和生命力的表现欲出发的。换句话说，散文文学的语言动机在外部，创作文学的语言动机在内部。如果说散文文学的语言是客观的，那么创作文学的语言是主观的。

散文文学侧重语言概念的准确性，但创作文学的语言要在概念上尊重色彩、情感、意义等的细微差别，为了使主观情感表现出来，还要考虑多种修辞手法。

"太初有言，言与神同在，言就是神。"金东里从这句话出发，认为从现代的角度阐释"神"就是"道"，或理性。这里的"理性"与其说是"知性"，不如说是德国哲学意义上的广义的理性，即与精神之意相通。此种意义的理性，即精神，包括知、情、意三个要素。但是，在人的精神活动中，一般情况下，三种要素的某一种成为中心，或者说比较倾向于某一种，理性也就指知、情、意三个要素之一。

侧重"知"的人像哲学家或科学家那样思索，注重论证；偏重"情"的人像诗人、音乐家那样，直接感受世界并表现出来；倾向于"意"的人像政策和法律相关人士那样注重实践和行动。将其用于文学的话，偏重"知"的精神活动相当于散文文学，偏重"情"的精神活动相当于创造文学。

前文提到"创作文学应是为存在的世界附加新的事物"，"附加新的"就是创作，首先它不是物质的，而是精神的。其次它具有呼吁人的情感的、个性的生命力。这里所说的"为存在的世界附加新的"意味着呼吁人的情感的个性生命力的具体化，这就是创作，通过文字表达出来也就形成了创作文学。

二、创作的要素

金东里（2013a）[42]援引英国文学家温切斯特（Winchester）将情

感、想象、思想、形式视为文学的四大要素的观点，指出文学是以情感为中心的创作活动，并非对客观世界的说明，情感和想象是特别重要的要素，这是毋庸赘言的。这里所说的文学的核心要素——情感，意味着"美的情感"。英国美学家伯纳德·鲍桑葵说能够给人快感的"美的情感"的三大特质是永续性、相关性、共通性。所谓永续性，是说无论怎样享受也不会饱满，总能够继续；相关性是说美的对象是与自己有一定距离的，并非完全属于自己的；共通性是"无时无刻，任谁都可以享受的一定形式的美的情感"。

想象与情感同样重要。鲍桑葵说不能把想象与空想或幻想混同。按照他的说法，想象是将经验的集合所暗示的所有可能性表现出来的心理活动状态。以《想象论》著名的17世纪英国文学家艾迪生说想象的快乐不像感觉的快乐那样粗糙、随意，也不像理解的快乐那样滋润身心，但它是增强革新力的有用的快乐。

思想是指作家的人生观、世界观。没有作家的人生观就无所谓创作文学，这与没有情感和想象无法成就创作文学同理。

三、文学的特质

金东里（2013a）[43]指出温切斯特说文学有三大特质：永久性、个性、普遍性。首先，对于永久性，温切斯特认为，文学呼吁人的情感，感动人。这种情感是流动的、瞬间的。讲授知识的论文我们一旦充分理解就完全内化成自己的，除非必要无须再读。但是，创作因为是呼吁情感的，所以随着情感的流动，阅读的感怀也在短时间内消磨掉。因为很快消磨，所以每每读起总是引起新的感怀。所以，尽管荷马时代的所有思想和学术现在成了一介古董，但荷马的创作常读常新。

其次，对于个性，金东里（2013a）[44]同意温切斯特的观点，即文学表现的情感是作家自身的情感。读者阅读的感受也是读者自身的感受。金东里（2013a）[44]指出，法国的布封说："文体即人"也是在说文学是个性的产物。赫恩说，个性与其说是个性，不如说是人格。金东里（2013a）[45]认为越是高尚的人，个性就越鲜明。这里的"高尚的人"说成"突出的人"更为贴切。即，越是突出的人物，个性就越鲜明。作品中出现的作家的个性即是作家的心灵、人格，金东里（2013a）[45]引用法国美学家戈蒂埃的主张，即艺术作品的独特性是作家注入作品中的，"我们生活在艺术家个人的'美的人格'里，也生活在艺术家的人格里。"

再次，对于普遍性，金东里（2013a）[45]引用温切斯特的观点，认为情感是瞬间的、个性的，同时也是普遍性的。例如，母亲爱儿子或丈夫爱妻子的方式虽会因人而异，但那种爱是古今东西亘古不变的。"人类的基本情感在性质上是不变的。变的不是情感，而是思想。"（温切斯特语）这是文学具有普遍性的理由。

金东里概括文学的三大特质说，文学通过情感呼吁情感，情感是流动性的、瞬间性的，所以文学要在某个对象中得到具现才能具有永久性。情感是个性的，同时也是普遍性的，因此这三大特质越是协调，就越能成就卓越、伟大的文学。

四、文学的内容

文学的内容涉及人生和自然的全部。看见同一轮月或同一座山，主观感受因人而异，千差万别。从这个意义上说，所有文学作品的内容都以作家的主观为基调。

金东里主张，对于文学作品来说，无论内容，还是思想，无不晕染着作家的主观感受，因为所有创作都是燃烧作家的生命得来的。主观是所有创作文学的基本和根源。在这个前提下，金东里（2013a）[54]阐述了构成文学内容的几个重要的概念。

第一，人性。近代文学精神脱胎于人本主义，这是世人皆知的。人本主义精神的要点是探究人性和拥护人性。因此，作为文学作品的内容，讨论人性，就不得不讨论"探究"和"拥护"两个方面。

对于文学作品来说，探究人性是通过创造作品人物的性格实现的。创造的人物性格的类型称为"人物类型"。近代文学创造的代表人物类型有堂吉诃德（塞万提斯《堂吉诃德》的主人公）、哈姆雷特（莎士比亚《哈姆雷特》的主人公）、浮士德（歌德《浮士德》的主人公）、于连（司汤达《红与黑》的主人公）、巴扎罗夫（屠格涅夫《父与子》的主人公）、安娜·卡列尼娜（托尔斯泰《安娜·卡列尼娜》的女主人公）等。通常称堂吉诃德为行动型人物，哈姆雷特为思索型人物，浮士德是与神诀别的现世型人物，于连为自我型人物、巴扎罗夫是具有代表性的虚无主义者、安娜·卡列尼娜是追求物质、感官幸福的人物类型等。

这些人物类型虽然对我们的现实生活并无直接影响，但他们展示出在人本主义世界里可能存在着的这样那样的人，让我们思考近代是什么？人是什么？生活是什么？这就是"纯粹文学"的态度。对此，也有人主张文学的内容应该引导读者更多地参与现实，暗示给读者行动方向，这就是"参与文学"。

第二，拥护人性。所谓拥护人性，就是拥护人的自然倾向。人本主义脱胎于自然主义，因为人是神的创造物还是自然产物这个问题是神本主义和人本主义最根本的分歧。自然倾向绝不是拒绝文明，而是以理性为前提的情感、欲求和感官等。由于情感、欲求和感官以理性为前提，所以不是动物的欲求或盲目的脱离控制。受到理性制约的情感、欲求和感官等最终集中表现为个性的自由。因此，拥护人性的具体内容是拥护个性的自由。拥护人性的第一次事件是文艺复兴运动，它在教会复杂的教规中拥护了人性。第二次事件是17—18世纪的启蒙运动，它们在封建旧习、社会因袭、宗教迷信中倡导人的理性活动。尽管与自然倾向的情感、欲求等相比，启蒙运动更强调人理性的一面，与其说是拥护，实际上更具有挑战意味，但这仍是广义上的拥护人性。第三次事件是19世纪后期资本主义发展引发了对物质的极大渴求，从物质压力中拥护人性，这次与社会主义相结合，否定资本主义。第四次事件是20世纪的新人本主义，代表性特征有两个：其一是在极度发达的机械文明机制（以机械的、物理的解释所有相生变化的逻辑）中恢复人性，其二是从法西斯、纳粹那里拥护人性。

第三，社会性。文学是生活的表现，人是社会生活中的人。因此，正如文学离不开人，它也离不开社会，社会性是文学最重要的内容之一。我们强调个人情感和主观欲求，这似乎有脱离社会之嫌，实则不然。仔细分析就会发现，其中直接或间接反映着社会的各种面貌。麦肯齐说文学在本质上是一种社会现象。从这个意义上来说，文学内容无法排斥社会性是俨然的事实。但是，此时的"社会性"不能与改造社会体制的目的性相混淆。

第四，时代性。正如文学是一种社会现象，它同时也是时代的产物。如果说社会性是构成文学内容的空间，那么，时代性是构成文学内容的时间。"文学基于其所处时代的生活和思想"即是此意。此时的时代性不应同以某种政治意图为前提的历史意识相混淆。

第五，民族性。前文提到个性是文学的三大特质之一，所谓生命，即意味着个性。作品（文学）是生命，没有个性的文学是没有生命的文学。民族即是个性，这是说民族是一个"共同命运体"。因此，对于文学来说，民族性问题是与个性联系起来的。前文所说的社会性基础具体地说也是民族性。吉丁斯说"社会的起源和基础是同族意识"即是此意。此时的民族性不可与民族主义相混淆。

第六，道德性。艺术（创作文学）和道德对于我们的精神活动来说在本质上是不同的。二者在价值论上是不同的对象，各自具有独立性，并非隶属关系。但是，二者具有分不开的密切关系，因为它们的主体都是人。

文学通过文字把人所有"知""情"的活动以及生命的秘密形象地表达出来。同时，道德是人在社会生活中必不可缺的法则和秩序的来源。法则和秩序虽由人协议而成，其原因却是内在于人自身的。

我们常说某人重情或冷漠，有义气或没义气，也说有无智慧和礼貌。重情、重义气是说人的人性，正义或睿智等就属于儒教的道德条目，也就是道德的标准。因此，道德的有无和多少即通向善恶。重情义又睿智就是有道德的人物，通向"善"这种人性；反之，薄情、没义气的人是非道德的人物，通向"恶"这种人性。因此，在探究和拥护人性的文学中，包含人性在内的道德是不能被忽视或排斥的，它们具有分不开的密切关系。

金东里同时指出，如果作家始终站在"善"的一边，为了"善"而写作，那么就会犯下两种错误。一是他刻画的人物不会兼具善恶两面人性，而会成为善恶观念的傀儡；二是站在"善"的一面，为了"善"而刻画人物是让文学从属于道德，践踏了文学的自律性。因此，一方面文学离不开人，同时，将文学捆绑在善恶的价值观上也是不可以的。换句话说，对于文学来说，善恶应该从人性的层面表现，不应从道德价值观层面处理。举例来说，于连、斯塔夫罗金、巴扎罗夫、米歇尔（安德烈·纪德《背德者》的主人公）、默尔索（加缪《局外人》的主人公）等即是此类。从世俗道德的观念来看，这些人物相较于善，更接近恶。但是，作家的意图并非为了推崇"恶"，而是在创造人物性格的过程中，真实地、生动地刻画出兼具善恶两面的人性。正如前文所说，文学和道德是不同的价值对象，任何一方都不隶属于另一方。在实际的文学鉴赏中，一般情况下，读者和研究者会对接近"善"的人物产生亲近感，这里存在着欣赏习惯或偏见的问题。

五、近代文学的理念

金东里文学的主题与近代文学理念密不可分。他指出，近代文学的理念是人本主义精神，人本主义精神由三大要素构成：第一，将人视为自然产物，而不是神的创造物；第二，将人的本性称作人性，尊重人性里的自然倾向；第三，努力探究、拥护和伸张人性。

他进一步阐释说，首先，把人看作自然的产物是人本主义产生的根源性条件。无论怎样尊重人性、拥护人性，如果把人看作神的创造物，那么都是神本主义的立场。换句话说，宇宙的主人是神还是人这个问题是人本主义和神本主义的根本分歧。因为把人看作自然的产物，所以人本主义从根本上是依据自然主义的，尊重自然法则。自然法则大体分为客观和主观两类。客观的自然法则指除人以外的一般自然现象的法则，主观的自然法则指人内部的、人的本性。客观的自然法则促使自然科学产生，而尊重内部的自然——人的本性这一法则产生了自由。这种情况下，由于文学以人的本性为第一要义，因此，它与自由精神结合，而不是自然科学。

其次，所谓尊重人性中的自然倾向，从广义上看与上文的自由精神相通，但从个体层面上说，它是个性的问题，也就意味着尊重个性。

再次，探究、拥护、伸张人性是近代文学理念的同时，也是近代文学的创作方法。探究人性，对于近代文学，特别是小说和戏剧来说，具体化为创造作品中的人物性格，它是探究人性的实质性成果，也是评判文学价值的重要标准之一。拥护人性，是从文学的主题层面来看的。如前所述，文艺复兴时期，针对教会复杂的教规倡导拥护人性；17—18世纪的启蒙主义时期，针对社会因袭、迷信等主张拥护人性；进入19世纪，在资本主义衍生的物质至上的漩涡中，以及20世纪的反法西斯、反纳粹的斗争中呼吁拥护人性。探究人性和拥护人性的文学成果对于人性的伸张做出了很大贡献。

如前所述，人本主义精神作为近代文学的理念，是近代文学兴起、成熟的原动力，反过来，文学也使人本主义精神蓬勃发展。

在这里，金东里提出一个问题，那就是把人看作自然的产物之后，由于同神本主义的对立和诀别而产生的精神空虚。与神的对立和诀别意味着现世主义，人本主义虽然使人在现世生活中获得了极大的利好和便利，但也导致了人对于死亡的无奈和恐惧，致使人在现世产生了迷惘和极大的苦闷。以歌德的《浮士德》为例，浮士德的一生象征着近代的人生。他是近代人的所有性格和命运的代言人。他的知识、放纵、享乐、苦闷、忏悔、无信仰、行为发展等等都是近代人的命运。只是，最后的救赎值得我们思考。歌德没有让浮士德毁灭，而是让他得到了救赎，但这种救赎是诗意的。小说中的救赎是歌德对于人（或人本主义）的信念、肯定和爱。歌德相信，人如果彻底忠实于现世（地上，而非天上），相信人，热爱人，也能够得到新的救赎。这是《浮士德》的主题。

但是，在福楼拜的包法利夫人、托尔斯泰的安娜·卡列尼娜、陀思妥耶夫斯基的斯塔夫罗金、屠格涅夫的巴扎罗夫等许多人物身上，出现了自杀、绝望和灭亡的群像。在打破一切枷锁之后，人沉浸于爱欲、金钱当中，旺盛的生命力得到最高程度的昂扬，但也成了死后无所皈依的人。金东里将其视为近代人的命运、近代文学精神的本质和结论。

20世纪的不安、混沌以及两次世界大战造成的杀戮和破坏使得人的精神生活更加苦闷。现代人的文明是世界共同体，人应该如何生活，又归向何处是现代人面临的共同问题，也是文学不可回避的课题。

六、"人生的谭创作"

（一）作为小说原型的"谭创作"

金东里指出创作文学有三种基本形态：诗、小说和戏剧。摩尔顿将其称为"lyric，epic，drama"，这里的epic是"叙事形态的创作"，金东里将其翻译为"谭创作"，也就是小说的原型。

金东里认为，所有故事中都包含着人生，故事应该成为一个小世界，承载着人物的命运。从前的谭创作概念中，刻画神话英雄，讲述王子功绩，表现集体生活群像等是很重要的要素。被称作"谭创作原型"的荷马的《伊利亚特》和《奥德赛》、中世纪的"民族谭创作"——英国的《贝奥武夫》、法国的《罗兰之歌》、德国的《尼伯龙根之歌》皆为此类作品。文艺复兴时期前后出现的新的谭创作与古代和中世纪产生相当大的差异。代表作有但丁的《神曲》和弥尔顿的《失乐园》。

金东里根据前人有关谈论归纳了谭创作的八个特征：第一，谭创作依靠想象和回忆写就，如果说诗歌表现当下，那么谭创作则言说过去。第二，对于谭创作来说，作家是作品的一部分；但对于诗歌来说，诗歌是诗人的一部分。第三，谭创作是基于传说、神话创作的故事。第四，谭创作以讲故事开头，而不是吟咏诗歌。第五，谭创作不强调道德，道德自然包含在情节当中。第六，谭创作表现"单纯、完整的行为"，不繁复，无须注解。第七，谭创作会插入一些与主要情节不直接相关的小故事。第八，谭创作喜用对话。

（二）"人生的谭创作"

摩尔顿说，小说是近代产生的谭创作的新样式，也可说成是新类型。为了将小说与其他谭创作相区别，他将其命名为"人生的谭创作"。

金东里（2013a）[115]引用摩尔顿的论点引出"人生的谭创作"的特征。"所有谭创作都刻画人生。但是，与古代单纯的生活相比，近代生活在意义和种类上十分繁复。如果说古代谭创作在故事结构上倾注全力，那么'人生的谭创作'则是作家在故事的内容上呕心沥血。对于以'人生的谭创作'为代表的所有近代叙事文学来说，决定其之所以是近代叙事文学的不是形式，而是主题。'人生的谭创作'这种文学形式在我们最伟大的创作思维上吸收养分，于是浪漫戏剧（莎士比亚）成为伊丽莎白时代独特的东西，正如荷马的作品是原始希腊独特的东西一样，那是现代所特有的。"从摩尔顿的表述来看，他认为近代小说与过去其他谭创作相区别的最重要的要素是主题。换句话说，承担起"在意义和种类上十分繁复"的近代生活的文学新样式就是"人生的谭创作"。但金东里认为小说与过去谭创作相区别不仅仅依靠主题，还有以下特征：一，重视作者；二，应是创造出来的故事；三，应该刻画作品人物的性格；四，应该对人性怀有爱意；五，应具有写实性和盖然性；六，应体现作者特有的人生观；七，应是叙述形态；八，应具有社会性，乃至现实性；九，对于叙述主体应有一贯的原则；十，应以平凡的生活语言写就。这十条不是所有小说都应具备的条件。小说的基本条件是作者、主题、叙述（形态）、结构、创造、故事，其他四个条件是为了增强这六个条件，是更完善的小说所具有的。对于小说的前九个特征，金东里做出如下阐述。

第一，重视作者。重视作者在本质上意味着故事应该具有个性，故事中如果有属于作家本人的个性，那么这个故事就肯定是这个作家的。这也是中世纪民间故事和近代小说的重要区别。不那么重视个性的中世纪或古代，即便在创作性的谭文学中也不谈论个性，因为它们缺乏个性或过于稀薄。因此，那时的文学有没有作家不是那么成问题，韩国的《沈青传》《春香传》就是此类。

之所以重视作者，是因为小说是作者的个性创造出来的作品。从原则上说，近代以前的创作性的谭文学也可视为创作性的作品，但它与近代小说所谓的严格意义上的创作不是一回事。其原因在于：其一，中世纪或古代那些作家不详的谭文学，大多是在流传已久的故事基础上润色的；其二，在创作的过程中，很多人都参与了加工；其三，作品缺乏个性或个性非常稀薄。

第二，所谓创造的故事，包含着三个意思。其一，不是民间故事、传说等，是通过想象虚构的故事；其二，它含有英语"novel"的"崭新"的意味，是创造的完全崭新的故事；其三，故事本身是作者想象的产物，不仅结构新，主题也应该是从作者的个性中萌发的特有的人类观。

第三，小说作为近代文学的代表样式，是近代精神的代言，由于近代精神的基调是人本主义，所以小说是实现人本主义的第一使命——探究人性——的方法，即创造人物类型。小说必须刻画人物性格。

第四，对人性怀有爱意。这要求拥护人性与主题相结合，也是作者应持的态度。

第五，写实性和盖然性。小说是近代社会产生的近代文学的代表样式，它抛不开近代精神的合理性，乃至现实性。因此，即便是浪漫主义小说，也应具有读者可以理解的盖然性或现实性。

第六，应体现作者独特的人生观。这意味着小说主题的创造性。不仅仅故事是想象的产物，故事中表现的人生观也应是作者特有的。仁义、博爱、慈悲等这些崇高的伦理和帮助弱者的思想当然是人道主义的，是社会正义，但它们必须成为作者的，是作者理解的。假使这些思想停留在常识性的道德律和公式性的观念层面，那么作品就丧失了主题的创造性。

第七，从古代的谭创作到近代小说，谭创作的基本形态都是叙述。

第八，社会性，乃至现实性。小说一词本身包含着"世事"之意。roman和novel是比较具有代表性的指称小说的词汇，roman是故事之意，欧洲多国使用这个词。虽同属欧洲，英国却不使用roman，而是使用novel和fiction，强调小说不是事实，而是虚构的故事这层意思，以此表达这是过去没有的、全新的故事之意。中国、韩国、日本将其译介过来都使用了"小说"一词。"小说"本来的意思是坊间故事，"小说家者流，盖出于稗官。街谈巷语，道听途说者之所造也。"（《汉书·艺文志》）将"roman""novel"翻译过来时，沿用了"小说"一词，表示它是坊间故事，其中已经含有社会性，乃至现实性的意味。社会性、现实性是小说本质的一面。

第九，毋庸置疑，小说是结构性的故事。所谓一贯的原则是指：其一，视基点（point of view）应该是一定的；其二，具有因果关系；其三，时间和空间的问题等应以一定的法则统筹。

（三）现代小说的问题

金东里文学以"世纪末"现象为出发点，以克服"世纪末"现象为目标。他认为，20世纪小说的多种尝试起因于"现代"的时代特征、小说形式的特性和局限性。"现代"的时代特征用一句话可概括为"在虚无中创造"。"虚无"指19世纪末的"世纪末"现象。当达尔文、尼采等否定神的同时，近代生活理念——人本主义也开始表现出局限性。19世纪末的氛围被称作"黑色旋风""虚无的漩涡"，以此来表现虚无的世纪末现象。

虽然进入新世纪也不能保证这种"虚无的漩涡"会得到缓解，但人们仍怀着进化论理念，认为历史不会停滞不前或倒退，是向前发展的，充满着对新世纪的期待和憧憬，这种"期待和憧憬"催生了"在虚无中创造"。

然而，20世纪仍是不安和混沌的，两次世界大战带给世人的是侵略、奴役、血腥和杀戮。但是，人类没有绝望，被奴役的人民为捍卫国家主权和民族尊严进行着艰苦卓绝的斗争，这样，20世纪上半叶的不安和混沌反而成为从虚无走向创造的过渡期现象。20世纪下半叶，新的普世理念仍未出现，人类从理念转向了客观事实和行动，开始宇宙探险和开发。

现代小说的各种尝试正是上述时代特征的反映。意识流、反小说、存在主义、卡夫卡、萨特、乔伊斯、普鲁斯特……像这样，现代小说中的非连续性和抽象性与塑造作品人物性格相去甚远，这些疏离了结构上的有机连接性、事件的具体性、心理和行为的现在性等等。所有这些，是一部分有才能的作家摆脱小说传统，向反小说和非小说倾倒的现象，其主要原因是上文提到的被称为"在虚无中创造"的时代性。从积极的层面来看，也可以说它们起因于小说文学的进取性。小说，无论在主题上的阐释"人"，还是在类型上的所有尝试，始终在努力开拓新的方向。但是，可以说从小说的基本特性来看，19世纪中叶以后的大约二三十年间的作家，如托尔斯泰、陀思妥耶夫斯基、屠格涅夫、巴尔扎克、司汤达、福楼拜等，已经达到了顶点。采用传统的创作方法已经很难超越这些世界级作家，很多有识之士便开创了反小说这种非连续性、抽象性的手法。

金东里认为，在文学传统薄弱的朝鲜文坛，小说创作水平远不及那些顶流作家，不可盲目尝试非连续性和抽象性。他强调，这不是否定所有新的尝试，而是应该在深深扎根于传统小说创作以后，再消化、吸收现代小说的诸多新尝试。

第二节 真正的"创作精神"

一、为"同情"正名

金东里于20世纪40年代发表的一篇重要文章是《感伤主义、冷清与同情》（1940），这篇文章从题目上看是探讨小说的风格和创作原则，但实际上，金东里在此提出了他对创作精神的观点和看法。

> 有人说对于作品中的人物作者应该冷情（"冷情"在汉语表述中接近"冷静"，即冷静、旁观——笔者注），也有人说应该同情。
>
> 有种说法是，前者出于严谨的客观性，接近现实主义精神；后者容纳作者的主观性，以感动人为目的，接近浪漫主义。但是，所说的现实主义和浪漫主义都是文学上的一种"表情"，我认为不能把"冷情说"和"同情说"看作相反的、对立的两种态度。
>
> ——金东里，《感伤主义、冷清与同情》

金东里在文章开头便提出了"现实主义"和"浪漫主义"两种不同的创作方法。20世纪三四十年代是日帝对朝鲜半岛进行殖民统治最为严酷的时期，此时，代表阶级文学的团体"卡普"退潮，反映社会现实的、政治的文学遭到日帝当局的检查，甚至禁止发表。1935年登坛的金东里正是在这种政治氛围中开始小说创作的。金东里登坛以后，面临着韩国文坛要现实主义，还是要浪漫主义的激烈讨论。金东里的这篇文章正是针对这个问题进行的专门探讨。

　　所谓作者应该对作品中的人物冷清，是说对于作品中的人物，他（作者）不能被小主观控制导致对肯定的人物随意同情，为他的一切言语行为辩护；对作者否定的人物任意讨厌，一味丑化他或认为他是卑劣的；抑或是除了这些私人感情以外，作者因莫名的兴奋导致不能正常地观察作品中的人物，从而导致人物不具有严谨的客观性格或者生命，使作品人物沦为作者错误观念的傀儡。因此，所谓冷情，是说作者冷静、沉着，对作品人物不带有私人感情，保持公平、彻底。

　　但是，在此种情况下"同情"与"冷情"不是对立的。即，并不是说同情就是强调作者的小主观，也不是对作品人物容纳私人情感和不公平，更何况同情的对象不仅仅局限于作者肯定的人物。

　　对于作品人物，作者可以同情，但这种同情不拘泥于角色的贵贱、人物的美丑、品性的善恶，而是对所有人物的同情。同时，这种同情不是对所有人物倾注不负责任的感伤，如若如此，便是感伤主义了。

——金东里，《感伤主义、冷清与同情》

金东里的小说对人物是充满同情的，这种同情正如上文强调的，是不分善恶、美丑和贵贱的。他的小说里很少见到绝对的恶人，即便是恶人也有善的一面，如同好人也会做出违背伦理的事情一样。金东里的小说人物始终处于善与恶的转换之中。对于善恶，金东里（1974）说："文学仍旧在描写人性的范围内。善恶虽是相对的概念，人性却是超越善恶的，是更高层次的文学对象。不过，人总是具体的社会存在，所以描写人性，不能脱离对于社会生活来说十分重要的价值对象——善恶。追求人性的文学是无法超越或无视善恶问题的。"

金东里的小说十分注重表现人性、人的命运，他主张文学应该表现"善"。他着重谈论了传统道德论和伦理意识中的"善"与现代文学之间的辩证关系。

不过，所谓善恶是个问题。简单地说，什么是"善"？什么是"恶"？到底以什么标准区分？这些是现代作家共通的怀疑之处，甚至是问题点。作为现代作家，几乎没有一人完全接受传统道德观或伦理意识。

（中略）

文学的功能之一是尖锐地揭露因袭、假饰和虚伪。事实上，
过去的一些文学将"善"这个概念偶像化，歪曲甚至疏离人性的
真实。

（中略）

但是，人认识到"善"，并且践行"善"的话，就全部是伪
善或虚伪吗？

我们大可不必一朝被蛇咬，十年怕井绳。

——金东里，《人性、善恶与其他》

从引文可见，金东里辩证地看待文学中表现的"善"。首先，
他认为传统道德论确实存在"因袭、假饰和虚伪"的一面，这也是20
世纪以来的现代作家从否定和怀疑传统道德论的"善"出发进行文学
创作的原因。限于篇幅，笔者无法将金东里的这篇文章全部引用，但
在文中金东里举出英国现代作家戴维·赫伯特·劳伦斯批评托尔斯泰
为"伪善者"一事来说明劳伦斯的偏误，指出现代作家中对传统道
德论的指摘也存在有失偏颇的情况。蒋虹（2011）指出，劳伦斯与俄
罗斯作家的道德观相去甚远，他曾在与友人爱德华·加纳特的通信
中说："在屠格涅夫、托尔斯泰和陀思妥耶夫斯基的作品中，适用于
所有人物的道德体系几乎是相同的，不管人物本身是多么杰出卓著，
而这种道德体系却是乏味的、陈旧的、僵死的。"然而，由于一方面
揭露"因袭、假饰和虚伪"是文学的重要功能之一，另一方面，不能
因为部分文学表现了"伪善"就因噎废食，据此，金东里认为文学对

"善"的追求和表现仍是作家应该努力去做的。

作为作家，金东里在刻画人物形象的同时，将人物形象归结为人物性格，常说的"性格决定命运"可谓金东里小说人物的共性。金东里的小说人物具有的性格是从人的自然属性和社会属性两方面出发的。自然属性大概指人的生理欲求，包括人的各种欲望；社会属性常与社会身份联系起来，围绕社会背景以及伦理规范、人物的阶级属性和受教育程度等展开。抓住人物性格，使之成为现实社会中的人物；面临世事，不同性格的人物会做出不同的选择，而每一种选择又决定着不同的命运。命运既受社会历史背景的制约，又具有超越历史、逾越社会规范的性质。而金东里无论对于哪种性格和命运的人物都充满了同情，观察人物、理解人物、又不任由感情泛滥，这可谓金东里塑造小说人物的一贯手法。

然而，金东里在区分"冷情"和"同情"的差别后，为了警惕因"同情"而造成的"感伤主义"，又对感伤主义和同情的差异进行了区分。

从严格意义上来说，同情与感伤主义怎样进行区分也是一个问题。（本文因为是随笔，便以随笔的笔致论述，不是学术讨论。）第一，感伤主义对于作品人物的性格、心理、语言、行为缺少作者的冷情和公平正确的观察，但是，"同情"在作品人物的性格、心理、语言行为的描写和批判方面，始终保持冷情、沉着和公平、正确，人物是客观存在，作者对于这完全客观的存在表示同情。作者对作品人物越同情，就应该对人物描写和批判越冷情和客观。这样看来，感伤主义的好例子有德富芦花，"同情"派的代表是陀思妥耶夫斯基之类的作家。

　　　　　　　　　　——金东里，《感伤主义、冷清与同情》

可见，金东里为了阐明"同情"与感伤主义的差异，特意提出了陀思妥耶夫斯基和德富芦花两位作家。由于金东里以散文而不是论文的形式写作这篇文章，因此，没能提出充分的论据来证明为什么陀思妥耶夫斯基是"同情"派，而德富芦花是感伤主义的代表。就"同情"与感伤主义的差别来说，他认为"同情"包括"冷情"在内，而感伤主义则缺少"冷情"。由此可以看出，金东里对三个概念的定位由低到高分别是：感伤主义、冷情、同情，而下面这段文字也恰好证明了这一点。

　　　　我在少年时期从芦花那里接受的感伤主义的残渣直至成年以后被福楼拜的冷情洗涤了。但是，我对福楼拜"艺术至上"的一面的不满又被陀翁的"同情"止住了。

　　（中略）

　　　　最初，文学的萌芽大概萌发自芦花之流的感伤主义。但是，学习的中枢则是福楼拜严格的现实主义，最终决定作家素质的是陀翁的"对人性的慷慨"程度，即克服感伤主义的"同情"的程度。之所以这么说，是因为现实主义几乎可以通过学习达成，但

"同情"几乎归于作家天分。

——金东里，《感伤主义、冷清与同情》

二、伦理要素与神秘要素

在阐明感伤主义、冷情和同情三个概念及其差异之后，金东里回到有关现实主义的阐述中来，并由此提出了他认为的真正的"创作精神"的概念。

上文提到"作者对于作品人物要冷情"这个说法是以作品的客观性为目的的，更接近于现实主义精神。此言与"如实反映现实"这一现实主义的标语完全一致。

标榜现实主义的作家和评论家中，常讲要"如实反映"这样的话。这种话一方面确实代表现实主义精神的一面，同时又是应该从多个方面进行反驳的。最重要的是，此言的一大谬误是拒绝作家真正的创作精神。这里所说的真正的创作精神，是指作家主观（个性、命运）创造的伦理要素和神秘要素。同时作为真正的创作精神的伦理要素，不是那种修身教科书上谁都能读到的伦理常识，而是作者的个性和命运、意愿创造出来的，即伦理的创造。拒绝这种伦理创造的艺术，正如基于修身教科书等的道德观的劝善惩恶之类的通俗读物，已经不能成为我们给予肯定评价的艺术了。

——金东里，《感伤主义、冷清与同情》

　　这段表述中，金东里首先强调了当时文坛标榜"如实"反映现实这一观点的错误。这与金东里强调的作品的"现实"是作家理解的"现实"这一说法相契合，这一点我们在下一节将要谈到。在这段话中，金东里提出了他认为的作家真正的创作精神。金东里在定义真正的创作精神时，始终强调作家的主观能动性所发挥的作用。所谓"作家主观（个性、命运）创造的"即是此意。需要注意的是，金东里小说中的伦理要素与现实社会中的伦理规范并不相符，他常探讨的是社会伦理规范中人的自由程度，也就是说，当人的自然属性致使其做出有悖伦理规范的选择时，人的命运该何去何从。

　　金东里十分重视小说的伦理要素，他将伦理与作品的主题联系起来，再将主题升华至哲学的高度。金东里认为随着现代文学和读者水平的普遍提高，大众文学和严肃文学的唯一区分标准是主题。一般常识性的伦理或公式性的道德律之类的主题是不可取的，他以雨果的《悲惨世界》为例阐明这一观点。

　　　　直到19世纪前期，即浪漫主义时代，作家对于主题并没有感到很大的负担。只要用有特色的好句子装饰出精彩的故事情节，主题依存于传统的善恶观念即可。代表例子是维克多·雨果的《悲惨世界》。

　　　　在这部作品中，作者通过主人公冉·阿让将传统的人道主义发挥得淋漓尽致。在文论对作品尚未要求那么高以前，《悲惨世界》被称作"19世纪的良心"，赞美之词达到顶峰。

但是，随着写实主义的兴起，文学界对这种理想主义进行了严厉的批评，具体地说，全新的创作论指出《悲惨世界》"缺少思想"，贬低其为大众文学。也就是说，如果从创作的视角考察小说，其基本要素——问题、结构、主题应该从作者的个性中创造出来，但《悲惨世界》的主题依存了常识性的伦理——人道主义，这样就放弃了主题的创造性，不是从作者个性中萌生的哲学，因此被看作"缺少思想"。

——金东里，《主题的创造性和公式性》

金东里认为严肃文学不应以"常识性伦理"或"公式性的道德律"为主题。但同时，由于过分强调主题的创新性以及受阶级局限性影响，金东里将批判现实主义视为"常识性和公式性"，从而犯下矫枉过正的错误。这一点从下面的引文可以看出来。

如今我们文坛把以"常识性伦理"或"公式性的道德律"为主题的作品冠以"问题作"（指引起话题的重要作品——笔者注）或"力作"之名却是实际存在的情况。……原本严肃文学和大众文学的区分就在于主题的创新性和常识性（或公式性），因此为了帮助"困难的人和被压迫的人"而不惜牺牲自己的这种人道主义和存在"困难的人和被压迫的人"是社会制度的错误……这种革新主义都是未逃出常识性和公式性的窠臼的。

——金东里，《主题的创造性和公式性》

金东里的上述言论暴露了他的资产阶级属性。这篇发表于1979年的文章无疑显露出金东里作为资本主义社会的资产阶级，仍从主观的、性格的、命运的角度阐释人，而未能从社会历史层面进行关照，缺乏社会历史意识和变革意识。这一点与他批评20世纪70年代韩国现实主义文学如出一辙。

> 世人对于韩国人意识结构的指摘之一可谓"不信倾向"和"抵抗性"。对于所有价值的不信、怀疑，甚至抵抗，特别是对政府或权力的评价更是如此。无论马路多么平整、生产量提高多少、国民生产总值怎样提高，如果如实地把这些说出来，就会被鄙视为执政党和在野党的打手；如果即便是歪曲事实，但批判或者负面地说出这些事实，就会被看作有良心的人或者爱国者。

> 在韩国，为什么非要用"产业化社会"这类的说法从负面的、批判的角度来指称经济发展呢？在社会上如此，在文坛使用这个词更是充满憎恶和诅咒。作品中的"产业化社会"意味着山川充满臭气和污染物，人心变得极度恶劣或堕落在酒色之中。

> ——金东里，《产业化社会的真正意图》

金东里认同韩国人的"不信倾向"和"抵抗性"与"李氏朝鲜末期和日帝时期的厌政等"原因有关。他批评民众和文坛对"产业化社会"一词赋予的批判意味，转而强调经济发展为社会和民众带来的利好，这无疑暴露了金东里作为资产阶级的局限性。

经济发展带来的产业化社会给吃不饱、穿不暖的人们带去生活的安定，给无家可归的人们准备房屋，这些都好像没有发生一样只字不提，然而，由此引起的负面结果被夸张地表现出来，将其称为"产业化社会"。这样做的目的到底是什么？并且，只有这样的作品才被看作是力作，那么，具有历史意识的评论家的目的到底是什么？

否定产业化社会就像否定经济发展。否定经济发展的话，难道要像从前那样极度贫困吗？

持否定地、批判地看待所有事物的价值观的人们，以产业化社会的名义憎恶和诅咒经济发展的目的到底是什么？

——金东里，《产业化社会的真正意图》

经过60年代军政时代和经济开发计划以后，70年代的韩国社会在繁荣的外表下潜藏着矛盾和不安。为推动经济高速发展，韩国实行以少数超大企业为主的经济政策。随着经济开发政策而来的是经济高速增长和近代产业体制的确立，这一时期的财阀为主的经济发展实现了世界罕见的韩国经济的飞跃。但问题是，这种高速增长是以牺牲劳动者、农民和中小企业等民众利益为代价的，是以破坏传统产业体制和民众赖以生存的生产资料为前提的。然而，在传统产业体制解体、近代产业经济体制确立以后，被牺牲的民众利益没有得到恢复。这导致许多社会问题。

70年代的韩国社会问题在文学领域得到相当程度的反映，这一时期的文学被称作"产业化时代文学"。这时期，文学关注经济开发和产业化过程中的诸多矛盾。这些素材的文学承继了60年代"参与文学"的传统，出现了民族文学论、现实主义等多种论争，直接影响了创作领域。文学主题多为揭露和批判不合理的社会现实，反映城市劳动阶层的扩大，以及对恶劣的生活条件的控诉、农村问题、环境污染问题等。然而，金东里的资产阶级立场使得他不能正视社会矛盾和问题，仍坚持从超越社会、超越历史的层面创作作品和阐释人生，阶级局限性表现得尤为明显。

金东里对真正的创作精神的定义，除上文论述的伦理要素以外，还涉及"神秘要素"。

> 我对于福楼拜的"艺术至上主义"一面的不满为什么被陀翁洗涤了呢？因为陀翁的艺术中，他主观创造的伦理发挥到了极致，并且，他主观创造的神秘要素使得他的艺术迫近宗教的世界。同时，还因为这种主观的创作精神是从"对人性的慷慨"出发的，从这个层面来说，与"同情说"在根本上是一致的。
>
> ——金东里，《感伤主义、冷情与同情》

这段话中，金东里以举例的方式简要说明了"神秘要素"的含义。陀思妥耶夫斯基的小说热衷于探讨人的精神世界。伊·叶甫兰皮耶夫（2023）认为，陀思妥耶夫斯基"试图通过他的创作表达一套关于'人'的完整的哲学思想。""陀思妥耶夫斯基的作品里存在始终一贯的完整的哲学世界观。在他早期作品里，陀思妥耶夫斯基受19世纪初德国哲学的影响获得了关于人的独特的哲学观念，其中肯定了特殊的'高级个性'的存在，这些个性的特点是，人可以借助自己的意志直接影响周围世界和人，让他们服从自己。在陀思妥耶夫斯基成熟时期的作品里……上帝不是特殊的存在物，而是人的绝对的内在本质，每个人的任务就是在自己的生命中解释绝对的、神的原则。"金东里坦言曾受到陀思妥耶夫斯基的影响，他在"真正的创作精神"的定义中以陀思妥耶夫斯基为例并非出于偶然，应为深思熟虑。所谓"神秘要素"，可以理解为小说的哲学指向和哲学高度，而陀思妥耶夫斯基无疑是这方面的杰出作家。

三、以东方精神修正西方人本主义

金东里（1980）认为作家追求的文学价值有二：一是人性；二是社会性。他具体解释为："文学价值的问题主要是探究人性，通过探究人性创造全新类型的人或人的形象。"金东里对于所谓"全新类型的人或人的形象"的内涵做出如下解释。

我在上文使用了"全新类型的人或人的形象"这样的词，这是针对近代文学而言的。即，与近代文学创造的哈姆雷特、浮士德、斯塔夫罗金（陀思妥耶夫斯基《恶魔》的主人公）、于连（司汤达《红与黑》的主人公）、娜塔莎（托尔斯泰《战争与和

平》的女主人公）等这些主人公完全相区别的全新类型的人或人
的形象。

——金东里，《创造全新的人的形象——内含神的人》

接着，金东里解释了上述这些近代文学塑造的人物类型的特征，
用以说明这些类型的人物普遍存在的问题。

在这里，我们必须考察一下近代文学塑造的人物类型的精神
源泉——近代人本主义。

我并非要赋予近代人本主义新的阐释或为其重新下定义，只
想说一下众所周知的极其普通的常识性的性质。

近代人本主义思潮源自于文艺复兴，这也是我们的常识。并
且，从文艺复兴出发的人本主义思潮具有对历经中世纪约千年而
达到黄金期的基督教持怀疑、不信、抵抗、反对等的性质。我们
将其称为人本主义与神本主义的对立。这些都是常识。

我提出这些已经是常识的事实并非只为了强调一遍。我想说
的是，这种潮流历经约400年的时间，到19世纪末叶产生了称为
"世纪末"的极大的历史事件。也就是说，这种叫做"世纪末"
的极大的历史大事件就是人本主义的产物。

也有人认为它（世纪末）不仅仅是人本主义的产物，还将其
看作神本主义的时代性后退现象。这被称作"黑色旋风""虚无
的深渊"或是"神的死亡"的现象，可以从神本主义的后退找到

直接原因。

这种见解当然在理论上是可能的，因为世纪末的悲剧一定是两者的产物。我们在理论上可以将人本主义和神本主义分离来讲，但实际上同一时代、同一社会的几乎所有人和现象都受到二者的共同影响。不仅如此，这两大思想本身也是相互影响的。

（中略）

虽说人本主义的基本精神从最开始就是自然主义、现世主义，这已经是我们的常识。那么，从现实的、社会的、物质的、肉体的以及动物性的层面看待并刻画人应当是适合的，这样可以很容易展现出平等的、多样的文学画卷。但是，"现实的、动物的"画卷并没有一直展现出一味的快乐和满足以及喜剧，而是诞生了更加严重的、苦恼的人物这种立体感和悲剧美。当然，这不仅体现在文学领域，在其他所有艺术和文化领域大体都出现了相似的现象。

——金东里，《创造全新的人的形象——内含神的人》

由上文可知，金东里认为近代人本主义的特性使得近代文学塑造了许多具有人本主义特征的典型人物，但这些人物并非满足于人本主义所倡导的快乐、满足，均表现出烦闷、苦恼的一面，体现出文学的立体感和悲剧美。他认为其原因在于自文艺复兴以来产生的人本主义并没有进行自身发展和修正。金东里进一步探讨应该如何修正人本主义，并提出了自己的观点。

问题是近代人本主义经历了漫长的历史，为什么固有的基本的性质上未出现修正或变化呢？我们常讲近代人本主义的起源是文艺复兴，那么，从文艺复兴开始算起，时至今日大约五百多年的时间，这期间当然德国人本主义和其他泛神论并非全无扩充或发展人本主义的尝试，但都只停留在了表面，人本主义固有的"自然"和"现世"没有遭到一点侵蚀。

——金东里，《创造全新的人的形象——内含神的人》

不得不说，金东里在这篇探讨人本主义和神本主义的文章中表现出一定的哲思。他将文学和艺术中表现出来的苦恼、忧郁、怀疑、悲剧美等的原因归结为长期以来人本主义的基本性质——自然主义和现世主义未得到修正和发展。但是，金东里的此番言辞不无牵强附会之处，例如，他（金东里，1980）认为："假使德国人本主义不停留在歌德对于浮士德的诗歌般的幻想——以升天的方式获得救赎——的水平上，那么可能在实质上对人本主义的性质做出修正和变化。如果这样，尼采、斯特林堡、莫泊桑就不会分别以精神病、躁郁症和丧失视力不幸地结束生命，所有人就都不用经历世纪末的'黑色旋风'。"显然，金东里将现实和作品中的人的不幸、苦恼都归为人本主义的自然主义和现世主义性质上了。

我在这里要说的不是指出此种事实，而是找出原因以后对此进行根本的手术。从而，探索从世纪末及其延长线上的现代的"不安""混乱""机制"的漩涡中，拯救"现代"的可能性，以此做一些有助于"全新的价值"和"展望更好的世界秩序"的事情。

（中略）

长久以来，我主张应该通过对人本主义的性质进行根本手术产生新的人本主义，并由此带来全新的"人类观"。

不过，我在这里说的"全新的人类观"不是那种反神的人，而是创造内含神的人的形象。从近代欧洲人本主义的概念来看，或许这是对人本主义的破坏或否定，但是从东方的传统人类观来看，这是极其自然而又当然的事情。在中国或印度如此，在韩国更是这样。

近代人本主义的据点——西方的自然，是与超自然相对立的概念，但是东方的自然是内含超自然的，甚至我们称作超自然现象的奇迹啊、鬼神啊等等也都是自然的一部分。中国典籍《周易》中说："《易》与天地准，故能弥纶天地之道。（中略）精气为物，游魂为变，是故知鬼神之情状。"（《系辞传》）这句话的意思是鬼神的活动也在自然的范畴之内。

——金东里，《创造全新的人的形象——内含神的人》

由此可见，金东里一方面指出源于西方文化的人本主义在发展过程中产生的弊端及其对19世纪末人类及人类文化的弊害，另一方面提出立足于以中国、印度、韩国为代表的东方文化在修正人本主义的性质方面可能发挥的作用。

金东里试图在现有的东方思想中找到"人性内含神性"的依据，并主张创造"内含神性的人"这一"全新类型的人或人的形象"，从而达到修正人本主义的目的，找到全人类的普世精神。在这里，有两个问题值得后续探讨：一是金东里秉承东方文化观，特别是金东里晚年倾向于通过阐发儒家思想使其发挥修正西方人本主义缺陷的作用；二是金东里一贯在文学中探讨哲学问题，尤其是他的"内含神性的人"与陀思妥耶夫斯基主张的"高级类型的人"极其类似，从金东里在多篇文章中推崇陀思妥耶夫斯基的态度来看，他的"内含神性的人"应受到了陀思妥耶夫斯基的影响。

第三节　文学的"现实"与"纯粹"的含义

一、文学的"现实"

作为"纯粹文学"作家，金东里的小说始终面临的一个问题是如何处理作品与现实的关系问题。金东里在《我的小说修业——从现实主义看当代作家的命运》（《文章》杂志，1940）中对此进行了探讨。在这篇文章里，金东里首先阐明了何为"修业"。

　　"修业"有两种含义，一个是小说的"认识修业"，另一个是"实践修业"。……所谓小说的实践修业，也可说成是"技术修业"。

> ——金东里，《我的小说修业——从现实主义看当代作家的命运》

在这里，"修业"可以理解为"学习、创作"，所谓"认识修业"即指"学习"小说，"实践修业"就是"创作"小说。金东里作为小说家，在文中始终围绕小说的创作和批评来谈。金东里接着阐述了自己的小说创作经历，用来引出他要谈论的话题——现实主义。

我二十岁以后开始尝试小说修业（习作）。那之前我的文学修业主要是认识修业，偶尔在纸上写上寥寥数笔，大部分不过是抒情诗之类或戏剧等，不能称为小说。如果说有一些与小说相似的东西，那就是韵文小说吧，其他的像长篇叙事诗这样的写过两三篇而已。

二十一岁那年的晚秋时节，大约是十月左右。我需要大约二三百圆钱。恰巧这时各报社推出了新春悬赏文艺募集广告。那时，我大约在二十天不到的时间里创作了四篇小说、三部戏剧，还有新诗、时调、民谣等加在一起写了十七八篇，一股脑儿地投给各报社，结果全部落选。这令我完全意外。

（中略）

现在看来，先不说那些作品是否成功，首先，取材或手法就非常病态。更何况，那时拼写也错误百出。这些对我来说是一生难忘的习作。

第二年，《花郎的后裔》（短篇小说）当选《中央日报》（指《朝鲜中央日报》的"新春文艺"栏——笔者注）。我记得当时金东仁和朴泰远先生给予好评，郑芦风先生在当月的月评上的唾骂也让我难以忘记。又过了一年，《山火》当选了《东亚日报》的"新春文艺"栏。从那以后直到现在，我再也没有投过稿。

我的小说修业（习作）在上述两篇作品前后才真正开始，创作的愉悦和痛苦以及难处也从这时候开始深入骨髓。我摒弃了诗、戏剧和其他一切杂文只创作小说也是从这时候开始的。

这样一来，我的文学之路上的重大问题也显出轮廓来：我用自己的生命来表现文学世界。

——金东里，《我的小说修业——从现实主义看当代作家的

命运》

自从20世纪30年代金东里登上文坛以后，批评家一度批评他的小说"脱离社会现实"，金东里通过这篇《我的小说修业》回应了他对"现实主义"的不同理解：这是小说家理解的"现实"与批评家理解的"现实"之间的差距，也是浪漫主义文学与现实主义文学之间的差别。

当时文坛上正盛行现实主义，批评家们甚至来不及探讨在当时的朝鲜文坛或文学传统中哪一种现实主义是可能的？树立这种文学理念的文学基础是否成熟？总之，社会主义现实主义、辩证法的现实主义，还有客观的现实主义等等，真是多种多样的空中楼阁遍地开花。

不仅如此，他们（指当时的批评家——笔者注）之中没有人对作家要求真正意义上严格的现实主义，也没有针对哪位作家的作品尝试探讨现实主义的严谨性。好像指出并评价作家和他的作品之间的现实主义是否存在必然性、有机性这件事对评论家来说是多么艰难的任务一样，没有一位批评家谈论现实主义的最根本、最本质的问题，即在作家的作品创作上现实主义具有怎样的功能和形态？在作家和现实（客观）、题材之间现实主义发挥了怎样程度的有机作用？

他们对任何作品都只说"是现实的""非现实的"，以最浅显的见解随意断定。

——金东里，《我的小说修业——从现实主义看当代作家的

命运》

金东里毫不留情地指出当时文坛存在的理论跟风现象。他指出，批评家们言必及"现实主义"，而又从未严谨地、深入地探讨过作家、作品与"现实主义"的必然关联。金东里严重质疑评论家们对"现实主义"的"拿来主义"做法，在此基础上，他进一步提出了作

为作家他是怎样看待现实主义的。

　　无论当时还是现在，我的作品大体上被诸位批评家打上反现实主义的烙印，但在我看来，比起批评家们动辄提及的那种"现实"和"现实主义"，我才是更接近真正的现实主义的人。

　　以愚之见，任何主观和客观的分离都不能成为现实主义。没有作者主观参与的现实（客观）在任何情况下都与作家的现实主义毫无关系。一位作家从生命（个性）的真实中把握的"世界"（现实）才是这位作家的现实主义开始的地方，这个"世界"的规律和这位作者的脉搏在某种文字的约定下成为有机体，那么这部作品（这位作家）的"现实"才得以成就。因此，无论多么梦幻的、非科学的、超自然的现象，都与最现实的、常识的、科学的其他某种现象一样，对于某位作家的某部作品来说，都可称为优秀的现实主义。

　　　　——金东里，《我的小说修业——从现实主义看当代作家的

　　　　　　　　　　　　　　　　　　　　　　　　　　命运》

作为作家，金东里眼里的"现实主义"始终是现实（金东里也称之为客观或世界——笔者注）与作家主观之间互动的结果。面对部分评论家指责他的小说逃避现实，金东里（1940a）将他理解的"现实"解释为："这个'世界'的规律和这位作者的脉搏在某种文字的约定下成为有机体，那么这部作品（这位作家）的'现实'才得以成

就。"这句话的意思是说，作家将其生命体验中领悟到的客观世界的规律，用特定的文字表现出来，使之成为血液、脉搏和躯体并存的有机体（即作品），这样，作家才在作品中反映了现实。也就是说，金东里认为的现实是作家眼中的现实，是作家通过个性体验获得的现实，是经过作家洞察力加工过的现实。而他所说的"无论多么梦幻的、非科学的、超自然的现象，都与最现实的、常识的、科学的其他某种现象一样，对于某位作家的某部作品来说，都可称为优秀的现实主义"。此言强调的正是小说中的"现实"是作家想象的现实，与客观世界里的"社会现实"相区别。

无独有偶，中国当代著名作家余华也在一篇题为《文学中的现实》（2005）的文章中讲到"文学中的现实与现实生活中的现实是有区别的"。为了说明这个问题，他举了一个例子：一位记者在写两辆高速行驶的卡车相撞的时候，如果加上一句"两辆卡车相撞的时候，发出的巨大响声把公路两边树木上的麻雀全部震落在地，不是震死了就是震昏了。……就是因为这一笔，让前面的两辆卡车相撞以后就变成了文学中的现实。"显然，余华举的这个例子运用了夸张的手法形象地表达出两辆卡车相撞时巨大的力，给予读者想象的空间，设想车祸造成的严重后果。在这篇文章里，余华还举了但丁的诗句"箭中了目标，离了弦"，这种改变文字先后顺序的安排，"就是文学中的现实，它表达了语言中的速度。"余华为了说明"文学中的现实不仅仅是一些实在的事情，它是还有一些想象在里边、表达一些欲望的一种东西。"他举了六十岁的博尔赫斯写与二十年后的自己，即八十岁的老博尔赫斯交谈时，"他感到在听自己在录影带中的声音"；尤瑟纳尔的《东方奇观》中被斧头斩首的小说人物"林"再次以活人出现时颈上系着红色围巾。"当她把一篇小说写得已经非常虚幻以后，她用一个现实的道具又马上把它拉回到现实中来。这就是文学中的现实。"余华还举了加西亚·马尔克斯在《百年孤独》里让一位女性"坐着床单飞上天"的事例，说明作家洞察力的重要性。最后，余华总结说："通过这些例子我们可以看到，所有人都在强调文学中想象力是多么的重要，但其实还有一个同样重要的因素就是洞察力。任何想象力的后面都要跟随着一个洞察的能力，要是没有洞察的能力，想象力就是胡思乱想、瞎想。要是有了洞察力的话，它会帮想象力把握方向，就像放风筝一样，它会永远是手里那根线……这是非常重要的。"

余华的文章可成为金东里对于"作家的现实"这一观点的有力佐证，这可谓优秀作家的"英雄所见略同"。金东里的《我的小说修业》发表于20世纪40年代，余华的《文学中的现实》发表于21世纪初（2005年），虽然相距六十余年，但中韩两位小说家不约而同地探讨了文学中的"现实"这一问题，并提出了极其相似的观点，不得不说这是小说家跨越时空的对话。

　　我不是现实主义的赞美者，也不是排斥者……按照我至今追求的现实主义的性质来看，朝鲜文坛这样传统薄弱的状况到底是否可能出现严格意义上的现实主义？我对此没有自信……但是，在传统薄弱的文坛，将现实主义驱逐出去是更加可笑的事情。

（中略）

现在，以我对现实主义的见解，我们文坛上任谁都没有完成这种修业而可以进入真正的创作。即便是再怎么继续热烈的习作，终我们一生都不可能完成这种修业（习作），这是我们的传统孕育的我们的命运。

——金东里，《我的小说修业——从现实主义看当代作家的

命运》

可见，金东里并非反对或排斥现实主义，只是以他对韩国（当时为日帝统治下的朝鲜——笔者注）文学传统的理解，真正的现实主义是很难扎根在这么薄弱的韩国文学传统之中的。但他也表示，并不是因为很难就要放弃现实主义，只是需要小说家们通过漫长的创作（习作）实践才能实现。

二、"纯粹"的含义

20世纪30年代的"世代—纯粹"论争是从当时朝鲜文坛三十世代（指三十多岁这代人——笔者注）评论家对二十世代（指二十多岁这代人——笔者注）新进作家的批评开始的。论争发轫于林和的题为《新人论》（《批判》杂志，1939）的评论文章。文章中，林和称新人的作品不过是文坛老将作品的细枝末节，意在强调新人应该有所突破，建立新的文学世界。林和认为新人不过在模仿文坛老将，缺乏对

朝鲜文学的历史和现状的学习和研究，他认为被新人模仿的老将主要是郑芝溶、李泰俊等纯粹文学领域的作家。当时正值"卡普"文学退潮，日帝末期朝鲜文坛纯粹文学逐渐形成主流。作为"卡普"文学评论家，林和通过对新人小说缺乏社会性、历史性的批评，警戒朝鲜文坛的纯粹文学走向。接着，论证扩大为俞镇午与金东里、金焕泰与李源朝的"纯粹论争"。

1939年，金东里在《文章》杂志第7期发表题为《纯粹异议》的文章，旨在辩驳俞镇午发表于1938年末的《现代朝鲜文学的进路》和1939年的《纯粹的志向》中的观点。俞镇午的观点有：第一，三十世代的作家是不幸的，而新人是幸福的；第二，新人作家完全不能理解三十世代作家的苦恼，甚至对三十世代文人，特别是评论家为了文学精神的正常发展恶战苦斗的努力不以为然；第三，新人作家拒绝所有文学的主义和主张；第四，新人作家拒绝提出标语来表达文学观；第五，文坛丧失了主流，部分作家认为意识形态已经灭亡等等。金东里逐一反驳了俞镇午的上述言论，最后紧紧围绕俞镇午为"纯粹"下的定义，表明了自己对"纯粹"的理解。

> 俞镇午先生还说："不管怎么说，我作为一介文人没有任何时候比现在更让我切实地考虑对文学来说"纯粹"到底意味着什么。纯粹并非其他，它是抛开所有非文学的野心和政治以及策谋，只拥护熠熠闪光的文学精神的坚毅态度。"
>
> 确实如此。这就是当今正直的新人作家们向俞先生喊的

话——不是用抽象的理论和杂文，而是通过创作表达出来。可哉！可哉！这种"纯粹"已经是正直的新人作家们已然获得的自己的世界，是与三十世代作家"所有非文学的野心和政治"主义愤然对立的精神和挑战的精神。敢问先生，从以作品（创作）为主的文坛现实来看，您所谓的"纯粹的志向"是新人作家们向尔等高喊的话，还是尔等对新人作家的忠告呢？

现在，先生和我两人中势必有一人会颜面扫地了。为什么这么说呢？因为先生在该文中嘲笑攻击的新人作家从最初开始抱持的文学见地（意识形态之意）和先生在该文中肯定的结论，即所谓纯粹的志向，是一致的。

我想，先生或许未曾读过新人作家的大部分优秀作品——这在先生的其他文章里也显露出来——先生只阅读了他们的几段杂文就性急地歪曲和误解了他们。现在，假设先生读过许俊先生的《夜寒记》，那么您就会醒悟您至今对新人说了多少荒诞的话。……在他那太阳般夺目、滔滔如大河的文学精神面前，我不得不正襟、肃穆。先生是否看到过朝鲜文学史上这么堂堂正正地正面描写人物的作品呢？您看过这么宽广、雄壮的作品世界吗？

除俞先生以外，近日所谓的三十世代作家或评论家时而表露出对新人的不信任，甚至是不满，他们说："新人不优秀""新人不可畏"。

对于第一点，我认同新人作家不全是优秀的，优秀的新人的作品也不可能篇篇都优秀。即便是优秀新人的力作，它与三十世代作家的力作在本质上或许并无显著的差异，但如果从句子的精练程度来看，不可能突然就能赶上已经在文坛锤炼十年左右的金东仁先生或李泰俊先生等人。这种非难不可能在朝夕间有所改变。但是，事实是，确实有几名优秀的新人将个性中生发的坚定的文学世界（人生）表现在作品当中。全然不顾如此多的非难。新人的真正意义正在于此。

其次，"新人不可畏"的说法是看到当今的新人没有作为一种新的思潮向文坛（作家）挑战。这话似乎是从文学史的见地出发的，当然不无道理。我们的确见过各国文学史上新人作为一种思潮向文坛挑战并获得成功的先例。

我在这里忽然想到"真理只有一个"这句名言的有限性：这句话在一定的空间、一定的时间、一定的客观、一定的主观条件下方能成立。正因如此，牛顿的真理和李白的真理不同。自然原本就不是某种固定的存在，可以有无限种情况，真理的数目也就是无限的。因此，"真理只有一个"中的"一"应是可以分解成无数的超自然的素数"一"。

于是，如果拿某种历史经验作为人事法度，往往会看到与之相悖的事实。

受时代制约，朝鲜文坛在本质上与世界文学史上的任何文坛的"情况"都不同。不能因为新人没作为一种新的思潮挑战文坛就判定新人"没有明确的性质"，甚至"没有坚定的立场"。我认为，今天的新人具有与现有文坛相对立的性质。不过，新的性质本身多是主观的，同时又必然是有个性的，不会迅速统括为一种思潮，也没有急于为之的必要。因此，文坛常见的现象是，作品先于理论出现，至于分明的理论轮廓或思潮（即性质——笔者注）常留作文学史的课题。

最后，我怀着不得不改变素来对俞先生的认识的遗憾搁笔。——我对以上自己的辩驳负责。

——金东里，《纯粹异议》

由上文可见，俞镇午为批评新人文学的不纯粹而提出的"纯粹"的概念恰为金东里所用，并以此反击俞镇午等三十世代的作家和评论家不符合"纯粹"这个概念。

金焕泰在题为《纯粹是非》（《文章》杂志，1939）的文章里拥护金东里，批判俞镇午，他表示按照俞镇午主张的"纯粹"概念，新人作家恰恰比文坛老将表现得更好。金焕泰指出，新文学流入朝鲜之时，由于朝鲜文坛并没有与之相匹配的文学传统，一时间出现了众多的主义和思想，文坛没来得及规范这些文学精神，产生了批评和创作之间的严重乖离，而新人作家突破评论藩篱进行创作的本身就具有进步意义。金焕泰列举瓦雷里、波德莱尔等说明作家不是要埋首于事实之中，反而要避开事实，在更深层次的全人类的生存当中表现人的苦痛。他主张文学要努力表现与时代无关的、原初的、普遍的人。金焕泰在拥护新进作家的同时，对李泰俊、朴泰远、郑芝溶等纯粹文学作家给予很高评价，表现出与林和不同的观点。对此，李源朝提出反驳，他在《何为纯粹》（《文章》杂志，1939）一文中指出文学精神和表达方式是不可分离的，文学中的纯粹不是与思想或主义绝缘的。由此可见，论争双方对"纯粹"意义的理解完全相反。金焕泰的"纯粹"与时代精神无关，李源朝的"纯粹"反而是与时代精神密切相关的。

金东里认同"纯粹"是"抛开所有非文学的野心和政治以及策谋，只拥护熠熠闪光的文学精神的坚毅态度"。那么，令人匪夷所思的是，既然以俞镇午为代表的三十世代作家、评论家与以金东里为代表的新人作家对"纯粹"的解释一致，那么，为什么双方仍然在文坛老将的文学"纯粹"还是新人作家的文学"纯粹"方面争执不下呢？

事实上，"纯粹"一词虽然在韩国文学史上常常出现，但却内涵多样。郑恩基梳理了文学中的"纯粹"一词概念的流变。他认为20世纪30年代中期以后，"纯粹"一词与文学联系起来，最终通过金东里的论证在近代文学史上稳居一席之位，"纯粹"一词却也因此失去了综合的意义。在此之前，"纯粹"一词在近代文学史上具有多种多样的含义，例如，俞镇午和金东里的"世代—纯粹"论争中提及的新人的"纯粹性"、20世纪30年代中期辨别资产阶级文学和纯粹文学的过程中产生的大众文学和通俗文学的"纯粹性"、金钟汉受瓦雷里影响提出的"纯粹诗"的概念、在形式主义论争中金起林将近代文学归为"对纯粹化的欲求"、以朴龙喆为代表的诗文学派的"纯粹诗"的概念等，"纯粹"一词被多个派别以多种含义使用。在文学场域里，因历史时期不同或发话主体的文学观相异，"纯粹"一词呈现出多种内涵，并作为一种诗论或文论发挥功能。其实，早在20世纪的前二十年，朝鲜文坛就出现了多种与"纯粹"语义相近的词，如"纯""纯洁""纯正""纯情""真正"等皆属此类。这是新生的近代艺术概念在朝鲜文坛出现并推广的过程中出现的现象。同时，"纯粹"的内涵随着社会、历史的发展发生变化。

首先，在近代启蒙期，"纯"意味着从以往的文学中分离出近代性质的文学。朝鲜人的文学经验中，西欧的文学作品使他们产生了对体裁的认识和对纯文艺的感受，但在当时的朝鲜还不存在作为诗、小说、戏剧等体裁的上位概念的文学。此时的"纯"有两种意义：一是为了维护近代国家的内在统一而排斥其他不利于统一的因素，二是通过西欧文明实现朝鲜的近代化。其次，李光洙的"纯粹文学的目的"和金东仁的"纯艺术化的社会"表现出朝鲜"纯粹文学"的不同性质。一般情况下，李光洙和金东仁被看作启蒙主义者和艺术至上主义者，二者使用的"纯粹文学"概念中的"纯"的意义有所不同。李光洙认为言"情"的文学触发美感，是对人生真理的追求；金东仁主张在主观审美的基础上改良社会。但需要注意的是，李光洙和金东仁对于纯粹文学的立场看似相悖，但从近代主体的自律性、与现实的对抗层面上看，他们的目标却是趋同的。再次，20世纪20年代以《创造》为中心形成的被白铁称作"纯粹文学"的时代。《创造》同人作家的艺术论是立足于近代美学的普遍艺术观。特别是，金东仁为了克服李光洙时代的文学传统，在创作中回避汉文句式，确立了书面体，使用过去时制，充分发挥第三人称代词的作用等。这时期的纯粹文学并非基于共同体，而是基于个人主观理解的。从玄哲的民众主义文学论以及廉想涉对"纯粹文学"和"纯朝鲜文学"的区分使用等，都可看出20世纪20年代初期的文坛是艺术理念、民族文学理念等共存的。复杂的社会历史环境也是"纯粹"一词在文坛上内涵复杂的重要原因之一。

　　由此可见，自20世纪初受西欧文学影响，朝鲜文坛对文学理念、文学类型、创作方法的认识方面出现了很大的变化。诗人和作家积极推行新式文学的同时，出于个体主观的理解和认知，对"纯粹"一词的文学理论意义未形成统一认识。这就形成了文坛都在讲文学的"纯粹"，但具体"纯粹"文学指什么又产生了多种多样的阐释这一局面。进入30年代，由于前代作家们并未解决"纯粹"一词的内涵和外延，导致俞镇午和金东里等人的"世代—纯粹"论争中，即便对立的双方一致同意"纯粹并非其他，它是抛开所有非文学的野心和政治以及策谋，只拥护熠熠闪光的文学精神的坚毅态度"这一说法，却对于哪一方的文学符合这一说法仍存在分歧。简言之，根源在于朝鲜文坛一直以来对"纯粹"一词的理论内涵和外延未形成一致。

第四节　文学的思想性

一、纯粹文学的思想性

作为纯粹文学的代表作家，金东里始终强调文学的思想性。他在谈论文学和思想的关系时特别强调了思想的重要性。

> 我在这里说的文学是指以小说为中心，包括戏剧、诗歌在内的创作文学，即，R. G.摩尔顿所谓的创作文学。
>
> 小说、戏剧、诗歌等无论哪种作品都内含思想性。虽有好文学和差一点的文学之差异，但并无有思想性的文学和没有思想性的文学之差别。在我国（指韩国——笔者注）动辄说哪部作品有思想性，哪部作品没有思想性，这是错误的。特别是提到纯粹文学和参与文学，说后者有思想性，而前者没有思想性，持这种说辞的文人、批评家有很多，这只不过是不清楚对于文学来说思想性是什么而已。
>
> 曾经，在我国也谈论为了人生的艺术、为艺术而艺术之类。这时，会给为艺术而艺术贴上艺术至上主义或唯美主义的标签，相应地把此类文学称为唯美主义文学、艺术至上主义文学，把法国作家福楼拜和英国作家王尔德称为艺术至上主义或唯美主义作家。

那么，福楼拜或王尔德的文学没有思想性吗？绝非如此。只举一例的话，可以看一下王尔德的新享乐主义，也就是王尔德的唯一一部长篇小说《道林·格雷的画像》中体现的享乐主义。这部作品的主题被称为享乐主义或新享乐主义已经是文学史上公认的事实。那么，享乐主义是思想吗？如果这样问，那是缺乏常识的。因为早在伊壁鸠鲁（公元前341—前270）所处的古代，享乐主义已经确立了其作为哲学思想的地位。尽管"为了享乐而享乐是否是一种思想"可能不易评说，但王尔德的情况不是这样。王尔德断然表明了他的享乐主义的性质和意义："……从那残酷又凶恶的清教主义中将生活解救出来的新享乐主义应该出现了。"王尔德的享乐主义不是为了享乐而享乐，而是要解救生活。当然，当时英国清教徒和此外很多严谨人士是不会同意王尔德的观点的。但是，王尔德自己相信此种享乐主义就是从当时的清教主义中解救生活。事实上，无论再怎么伟大的思想，也不可能赢得所有人的支持。

（中略）

福楼拜的情形与此大同小异，由于纸面关系，暂且省略。

被认为与所谓的思想关联最为疏远的艺术至上主义文学尚且如此，那么，处于参与文学和艺术至上主义文学之间的纯粹文学就毋庸赘言了。

——金东里，《文学与思想》

从引文可知，金东里的此番谈论是针对当时韩国文坛上参与文学作家和批评家指摘纯粹文学没有思想性这一现象而发的，是他为纯粹文学的思想性辩护的一篇文字。文章中，金东里并未直接从纯粹文学出发正面论证其是否具有思想性，而是从反驳当时韩国文坛的"唯美主义文学不具思想性"这一先入之见着手，以英国著名作家王尔德的言论和作品作为例证，从侧面论证了唯美主义和纯粹文学都具有思想性，以及"作品都具有思想性"的观点。引文言简意赅，论点清晰，此不赘言。

二、韩国文学的形而上学与个性

早在20世纪70年代，金东里就曾撰文提出韩国文学的思想性问题。他首先探讨了韩国的形而上学背景问题。

韩国现代文学以20世纪初接受的近代文学为出发点发展至今。因此，其文学性质或文学样式属于近代文学的范畴。可以说这与近代文学的发祥地——欧洲情形类似。

在这里，我们要从根本上回顾并思考的问题是近代文学与社会或民族的适应性问题。我们是将近代文学视为开化潮流的一环来接受的，与其他近代事物一样，未曾考虑适应性的问题。这就像摘帽子剪短发、脱长裤穿西服、草鞋换成休闲鞋或皮鞋一样，都是同开化风气一起很当然地进来的。

这样开始的韩国新文学在发展了六七十年以后，今天冷静地考察一番，我感受到某种层次的缺陷。一言以蔽之，韩国文学缺乏形而上学的背景。

——金东里，《韩国文学与形而上学的背景》

金东里首先指出韩国现代文学随着20世纪开化期进入朝鲜半岛以后，出现了先天的发展缺陷——缺乏形而上学的背景。"形而上学"是一个哲学概念，是哲学家讨论的用语，一般用来称谓一种哲学形态，也有人用它称谓一种哲学方式，与辩证法相对应。金东里在探讨韩国文学问题时，很自然地将其与哲学联系起来，这是金东里文学主张和创作实践的一大特点，他从创作之初就自觉站在哲学和思想的高度，正如他所说："我的初期作品《巫女图》《黄土记》《堂坡萨满》《月》等是萨满教系列的作品，以此为起点又创作了倾向于儒教的《春秋》（长篇）《龙》等，后来写了《萨班的十字架》（长篇）《玛利亚的怀胎》《木工约瑟》《复活》等，还创作了《等神佛》《喜鹊叫声》《极乐鸟》等佛教小说。"（金东里，2013b）金东里将哲学、宗教看作文学作品的思想，但他在一部小说中表现的宗教性思考，却常在另一部小说中否定它。总之，金东里不完全赞同某一种宗教，只是将其视为小说中探讨哲学问题的一种手段。

对于韩国文学缺乏形而上学背景的问题，金东里首先分析了西欧近代文学的形而上学背景，用来与韩国文学相对照。

今天我们所说的韩国文学，正如上文提到的，属于发祥于欧洲的近代文学范畴。考虑到近代文学的精神基调是人本主义这一事实，就不能否认韩国文学和人本主义之间的函数关系了。

此言之意是，欧洲近代文学是以它与人本主义的关系为前提的。我们不能一再详论这个问题，也不是就此提出自己的独到见解，而是打算在普遍化、常识化的范围里讨论它。

这里，我举一个普遍的命题：欧洲近代文学的基调——人本主义的形而上学基础。我们通常说到"人本主义"会从"探求人性""拥护人性"、审美的或社会的层面考虑。但是我们常忽略一件事，那就是这种人性问题是以从"神本位"到"人本位"的形而上学背景为前提的。

我们都说欧洲近代文学的主调是描写人，但这种"人"无时无刻不是以"神"为前提的，这一点我们很少注意到。换句话说，他们描写人的肉欲，强调对"现世的忠实"，夸示自我等表现出所有人本主义的特征，但是，他们的"肉体"总是意识到"灵魂"，他们的"现世"总是以"来世"为前提，他们的"自我"总是以"世界"为伏线。

这是因为他们的人本主义的"人"从近代黎明期——文艺复兴时期开始与"神"相对立，时而正面对垒，时而侧面夹攻，这样经历了几个世纪的历史走过来的。

我们考察《浮士德》的话会更加一目了然，比《浮士德》刻画得更现实的是托尔斯泰和陀思妥耶夫斯基的小说。正如卓越的梅列日科夫斯基所说的那样："托尔斯泰把肉体置于前面，将神和灵魂置后；陀思妥耶夫斯基把神和灵魂放在表面，把肉体放在里面……"他们的作品世界里出现的恋爱、守财奴、杀人强盗、娼妓，以及日常生活的琐事充满着所有现实的、社会的风景，到了末尾，所有现实的、社会的、人的诸般事件一定出现神啊、灵魂啊、忏悔等形而上学的层次，伴随着立体的光辉。

但是，韩国（这一点上，日本和中国也同样）文学并无此种"……形而上学层次的立体的光辉。"我在上文指摘"韩国文学缺乏形而上学的背景"就是此意。韩国或其他东方人的文学中，这种"恋爱、守财奴、杀人强盗、娼妓，以及日常生活的琐事……"到最后也只是这些事情。

——金东里，《韩国文学与形而上学的背景》

金东里在论述西欧近代文学的人本主义基础时，常以歌德的《浮士德》和俄国作家陀思妥耶夫斯基、托尔斯泰等为例子，用以论证文学应该具有的哲学和思想高度，具有一定的说服力。然而，当他谈及东方文学，特别是中国文学时，说："并无……形而上学层次的立体的光辉。"这一说法不得不说是武断的，甚至是错误的。

我国学者宁新昌（2003）认为，"中国传统哲学属于境界形态的形而上学，它与西方自亚里士多德以来的实体形态的形而上学不同。亚氏的形而上学是由对是的逻辑分析开始的，即由对逻辑命题的分析而寻找不变的实体存在。亚氏的思维方式对西方文化产生了深远的影响。中国传统哲学则不然，它是由'省身'、'尽心、知性、知天’、‘思诚’、‘静观’、‘玄览’、觉悟而去认识世界的本体，这种形而上学固然是境界形态的。至于现代，西方哲学出现了转向，存在主义者海德格尔对存在（是）作了新的诠释，海氏的诠释在某种意义上与中国传统哲学有契合之处，这从一个侧面说明了中国传统哲学所潜含的现代意义。”他进一步举出中国典籍记载，论证张岱年的“中国哲学‘重了悟而不重论证’”，指出“了悟”的对象是“形而上的‘道’”。他说：“《易传·系辞上》言：‘形而上者谓之道，形而下者谓之器。’‘道’属于形而上者，在一般的西方哲学家看来，‘道’在中国哲学中才具有真正意义上的形而上学的意味。” 对于“什么是道？”这个问题，宁新昌说：“《老子》认为‘道’是不可言说的，即‘道可道，非常道。’（《老子·第一章》）言说出来的‘道’就不是常道了。但是，这个‘道’是世界的本体，其所以是本体，就在于它的本源性、绝对性和不可界说性，即‘道生一、一生二、二生三、三生万物。’（《老子·第四十二章》）”

那么，老子所说的“道”到底是什么？《老子·第十四章》中说：“视之不见名曰夷，听之不闻名曰希，博之不得名曰微，此三者不可致诘，故混而为一，其上不曒，其下不昧，绳绳兮不可名，复归于无物，是谓无状之状，无物之象，是谓惚恍。”宁新昌分析说：“这个不可言说的‘道’也可以‘无’称之，它‘可以为天下母’，但‘吾不知其名，字之曰道。’（《老子·第二十五章》）天下万物皆源于它，即‘天下万物生于有，有生于无。’（《老子·第四十章》）”境界哲学在以古诗词为代表的中国文学中，势必是有充分体现的，这一点将留作后续详细论证。

在20世纪70年代，金东里一直关注并呼吁的事情是韩国文学"哲学和个性薄弱"这一问题。他于1976年发表的题为《韩国文学的苦恼和课题》（《广场》杂志，1976）一文中，开篇便提出这一问题。

> 所谓韩国文学的苦恼和课题是指找到韩国文学的弱点，并找到克服弱点的解决方法。韩国文学的弱点、文学人士的苦恼，一言以蔽之，是哲学和个性的薄弱。
>
> 首先，从小说来看，报纸、杂志的评论家们每月会评出比较有价值的作品——认为有评论价值的——将其称作"问题作"，写出"问题作"的作家会成为比较有人气的作家，未被提及的作家的作品即便发表也会遭到漠视，因此，是否被选为"问题作"就显得格外重要。因此，我不得不研究一下问题作、问题点、问题性之类。
>
> ——金东里，《韩国文学的苦恼和课题》

金东里在这篇文章中主要针对韩国70年代开始的"产业化时代"小说。这一时期韩国文坛出现了诸多现实主义小说，成为文坛主流。这种反映社会现实和经济高速发展衍生的民生问题的小说，同金东里一直以来倡导的纯粹文学相去甚远。在这样的文坛背景下，金东里在文章中对此类文学作品进行了批评，并进一步强调了他的文学观——创作哲学的、个性的文学。

所谓问题点，通常指百姓的经济困难、没有势力的人们的生存状态，与经济困难、没有权力的人形成对照的是采用不正当方法积蓄巨额财产、过着富有生活的人，以及不当地行使权力的人，由于他们的存在，一些人委屈而又无力地生活，处于困难的境地。这类小说一般是这个样子，大同小异。"问题点""问题作"等大约有70%属于这个范畴。

我认为，这个题材的文学可以用"社会性"或"功利性"来表达。不是说不能表现社会性和功利性，也不是有了社会性和功利性就不好。所谓文学——特别是小说，其内容在原则上应是写实主义，应该具有现实性和社会性。小说发挥现实性和社会性不是坏事，反而是应该具有的性质，把某个不当的人物或事件作为问题，以文学的正义刻画这个事件或人物，这是文学的基本要素。

——金东里，《韩国文学的苦恼和课题》

由上文可见，金东里并非反对文学的社会性和功利性，并将现实性和社会性视为小说应该具有的性质，把写实主义看作小说内容的原则。但他主张表现这些内容并非只局限于当时韩国文学创作上常用的人道主义和物质主义，可以发挥作家的个性，创作出超出某种主义的、具有哲学意味的文学作品。

任何社会都有负面要素。不满和可批判之处在哪个社会都会存在。那么，指出社会之"恶"，批判不好的方面难道不可以吗？当然不是。虽然不是所有文学都应该如此，但有的作家会涉及这样的题材。那么他们会怎样做呢？是的，他们大部分会选择人道主义或物质主义的角度。……不选择这两条路线的话，还会有第三条路线吗？我相信是可能的。那就是个性之路，作家的个性，作家特有的哲学所支撑的批判。如果非要给它贴个标语，那只能是"人本主义"。通过人性，通过创造新类型的人，将这种批判以文学的形式形象化地表现出来。

——金东里，《韩国文学的苦恼和课题》

金东里所说的作家的个性，是指作家以自己对"人本主义"的理解和坚持，不断地挖掘人性，通过塑造人的形象，创作文学作品，达到批判的目的。他通过区分东西方对"人"的不同理解，意在说明由于韩国对"人"抱持东方式理解，使得鲜有文学作品能上升到形而上学层面。

人本主义，离开人是不能存在的，这是众所周知的。但是，这不是简单的"人的主义"，问题是我们在文学里怎样消化"人"。在东方，"人"这个词虽然很常用，但与西方所说的"人本主义（humanism）"的"人"的概念是不同的。在东方，"人"意味着社会的主人，而近代文学的原理——人本主义的

"人"具有形而上学的层次。

欧洲近代文学的原理是人本主义，他们的"人本主义"不仅仅是尊重人的意思，而是在摒弃"神"、选择"人"的形而上学层次上阐释"人"。

——金东里，《韩国文学的苦恼和课题》

由上可知，金东里首先提出东西方对"人"的不同理解，简言之，东方的"人"是社会结构中的主人，是具有伦理关系的人；西方的"人"是与"神"相对的概念，具有形而上学的意味。这是从东西方传统思维方式的层面阐明韩国对"人"缺乏形而上学的认知。从历史背景来看，金东里提出了儒教伦理道德对韩国社会的深刻影响。

在接受近代文学时，我们的社会是儒教伦理道德支配的社会。儒教认为人是社会秩序的主体，而不是作为形而上学存在的人。

在这样的儒教原理基础之上接受近代文学时，我们的焦点非常集中。换句话说，近代文学的核心——人，总是被阐释为社会性的存在，丧失了哲学的角度。这是我们的文学里缺少哲学或哲学薄弱的根本要因。

（中略）

我们的文学个性薄弱也是有原因的。人本主义伴随着自然科学和自由，自由从本质上看意味着尊重个性，这种精神影响到社会制度就是个人主义社会。可是，当时我们的社会是儒教传统严格的家庭主义社会。社会结构是个人主义还是家庭主义，这是不容小觑的问题。因为家庭主义社会结构中，接受近代文学时极难接受"个性"。

（中略）

再考虑一点，无论当时还是现在，我们的社会都处于不安定、逆境和混沌之中。韩末如此，日帝时期又经历了极度的逆境，解放以后经历了政局的对立和战乱。在这种环境中，自然不会关注什么"神"啊、"人"啊这些形而上学，而是关注社会的、政治的性质。我们的文学不那么着重表现哲学和个性，而是被"是百姓，还是富人？是弱者，还是强者？"这类的社会意识，甚至是政治意识支配着，这也是一个原因。

——金东里，《韩国文学的苦恼和课题》

金东里从古今东西的思维方式和社会现实等方面分析了韩国文学中的"庶民意识"产生的原因，以及由此导致的韩国文学缺乏哲学和个性。他坦诚自己"热爱韩国文学，殷切盼望韩国文学能够早一天成长为世界文学"，他坚持认为："我们都知道文学离不开社会现实，但文学不能成为社会现实的侍女。"因此，他提出了解决问题的方案，即"我们不能一味依靠近代人本主义来阐释今天的人，而是需要把东方精神和西方精神相互整合的新观点。"在这里，金东里提出挖掘东方思想精髓解决韩国文学缺乏哲学和个性问题的观点，并基于他的认知提出了应对方法。

首先，找到解决方法的第一步是究明原因，并充分认识到这一情况的重要性。简单地说，因为我们打开开化之门，从欧洲（或通过日本）接受"近代"之时，在我们的历史和社会传统中并没有欧洲人那样一千余年的宗教传统，这是不争的事实。对他们来说，人本主义是在反对基督教之上发生的，而对我们来说不是这样。我们的人本主义不是以"神"为前提的"人"，只是平面的人本主义，是平面的"人"。

（中略）

那么，我国文学的形而上学背景这一巨大课题应该怎样应对和解决呢？

这不是在观念上实行对接就能解决的问题，不得不在我们的历史和传统中找到解决方案。我们的历史和传统中可以找到哪些方案呢？

——金东里，《韩国文学与形而上学的背景》

金东里从韩国历史和传统中为韩国文学缺少形而上学这一缺陷找到的解决方案是：萨满教、佛教、儒教。金东里在文学创作中将宗教视为一种使文学升华到哲学高度的手段，换句话说，他的文学是通过对宗教的批判实现哲学探讨的。在他的创作生涯中，金东里首先批判的是基督教，这在他的代表作《巫女图》和《萨班的十字架》中表现得最为明显，在《天使》《木工约瑟》等作品中也有相同的表现；其次批判的是佛教，他的佛教小说虽以寺院为背景，却也批评佛教的戒律过于严格，使得平凡人无法修道，特别是在代表作《乙火》中，直接说出"罪犯也出家"这样的话，对佛教进行了否定。金东里的创作中，起初最令他关注的是被视为韩国固有宗教或民俗信仰的萨满教。他从《巫女图》到《乙火》的创作历程中，孜孜不倦地探索萨满教中"与神"性质的人——萨满，随着韩国民俗学对萨满文化的不断阐释和挖掘，韩国文学界和学界共同探讨通过对萨满文化的宣传和对迷信部分的修正，以及在现代韩国社会中重新倡导萨满文化的可能性，并试图将其作为优秀的东方文化，用来弥补西欧人本主义带来的人的迷惘和困顿。但是，仅就金东里而言，在他理性地思考并了解韩国萨满文化之后，清楚地认识到"通过萨满教不能实现人的救赎这一事实"。在此期间，金东里转向在韩国历史和现代社会中具有根基的儒家思想（韩国称"儒教"——笔者注），这一点将在第三章中进一步阐述。

参考文献（作者姓名音译，按照时间顺序排列）

白铁，1973. 1935年的文坛状况与金东里文论的意义［J］. 徐罗伐文学·东里文学研究，8：41-44.

蒋虹，2011. 智性交锋：劳伦斯与俄罗斯作家［J］. 国外文学，31（4）：30-38.

金炳旭，1973. 永远回归的文学［J］. 徐罗伐文学·东里文学研究，8：137-150.

金东里，1939.纯粹异议［J］.文章，1（7）：142-188.

金东里，1940a.我的小说修业——从现实主义看当代作家的命运［J］.文章，2（3）：172-175.

金东里，1940b.感伤主义、冷情与同情［J］.博文（22）：15-17.

金东里，1974.人性、善恶及其他［J］.广场（9）：2.

金东里，1976.韩国文学的苦恼和课题［J］.广场（42）：5-9.

金东里，1979.主题的创造性和公式性［J］.广场（71）：16-17.

金东里，1980.创造全新的人的形象——内含神的人［J］.广场（87）：57-61.

金东里，1981.产业化社会的真正意图［J］.广场（95）：3.

金东里，1993.文学与思想［J］.教授学院丛书6：203-208.

金东里，刘安珍，1982.金东里的文学世界［J］.广场（103）：142-151.

金东里，2013a.文学是什么［M］.首尔：季刊文艺.

金东里，2013b.饭和爱和永远［M］.首尔：季刊文艺：113.

金焕泰，1939.纯粹是非［J］.文章，1（10）：144-150.

金英淑，1971.金东里文学与虚无主义：以20世纪30年代作品为中心［J］.文湖，6（1）：270-305.

金允植，1973.谈金东里的评论：批评史意义［J］.徐罗伐文学·东里文学研究，8：96-100.

金允植，1998. 以终极人生的形式写作［G］. 李在铣. 金东里. 首尔：西江大学出版部.

金至寿，1998. 消亡的美学［G］. 李在铣. 金东里. 首尔：西江大学出版部.

李炯基，1973. 金东里论［J］. 徐罗伐文学·东里文学研究，8：68-79.

李泰东，1998. 纯粹文学的真谛与人本主义［G］. 李在铣. 金东里. 首尔：西江大学出版部.

宁新昌，2003. 中西形而上学的异通发微［J］. 孔子研究（1）：43-50.

千二斗，1998. 虚构与现实［G］. 李在铣. 金东里. 首尔：西江大学出版部.

伊·叶甫兰皮耶夫，刘娜 译，2023. 陀思妥耶夫斯基"人"的哲学的主要原则［J］. 俄罗斯文艺（1）：75-87.

伊·叶甫兰皮耶夫，张百春 译，2021. 作为哲学家的陀思妥耶夫斯基及其对20世纪哲学的影响［J］. 中国俄语教学，40（4）：9-18.

余华，单听，2005. 文学中的现实［J］. 东方丛刊，51（1）：191-206.

郑恩基，2015. "纯粹"文学概念的展开和流变［J］. 现代文学理论研究（62）：349-375.

第三章　基于文学观的创作典型：历史小说

第一节 精神的原乡

一、庆州古城墙

金东里于1913年出生在韩国庆尚北道庆州市城乾里，庆州是新罗时期的都城，千年古都、文化名城，到处是历史遗迹。对于从小生活在此地的金东里而言，庆州已然是他的精神故乡。对于金东里来说，故乡庆州不仅是故乡，还是他在作品中不断表现的素材、母题、创作源泉。金东里对于故乡的热爱是浓烈的，他说："如果我有什么可以引以为傲的，那就是我的故乡是庆州。"金东里在小说《仙桃山》里以自己的名字为话者，表达了对庆州的爱。

"庆州，是只要你想，就能在山啊、水啊、田野啊、树林啊，随时随地冒出小说、绘画、音乐，恰似涌出的水流……"话音刚落，观众们纷纷鼓掌呼应。"……我相信这话。因为我体验过。我的《花郎的后裔》《山火》等接连在《朝鲜日报》《东亚日报》当选时，庆州的山和田野似乎无处不喷发出酒香和文化。各位，那山、那水就在这里。你们去抓一把土，想要的诗和小说就会洒出来……"

——引自金东里的《仙桃山》，《金东里文学全集11·黄土记》

福柯说这个时代是空间的时代。近代小说比任何艺术体裁都更加依赖具体的空间，小说的具体背景被赋予了特有的意义和思想。文学作品中，特定空间或场所本身就具有特别的意义，也与作家的思想不无关联。小说的空间不单指事件的发生地，也包括人物的内在心理空间。金东里把庆州作为特别的空间在小说里多处表现出来。通常，庆州代表着"新罗"和"古都"。然而，金东里的作品中，除去以新罗时期为素材的历史小说以外，庆州几乎不代表新罗和古都，而是以十分具体的空间出现在小说当中。这些具体场所有金东里老家宅院旁的庆州古城墙、包括西门大街在内的城乾里一带等，其范围限定得十分具体。

庆州城墙以石砌成，墙长4075尺（约1904米），高12尺7寸。城内建有仓库，1378年（祸王四年）补建。城内有3处池塘，80口水井，夏冬两季干旱严重时也不枯竭。

——《李朝文宗实录》

建于高丽末期的庆州古城墙可视为朝鲜的象征。金东里以新罗为傲，其中又单单钟情于庆州古城墙，这是因为城墙对他来说具有特别的意义。在金东里的小说中，古城墙并非完整，只有西侧和北侧的部分。金东里对庆州城墙的正体性认同主要集中在西侧的城墙，即西门大街一代。

金东里对古城墙、西门大街等的热爱在《巫女图》《乙火》《曼字铜镜》中表现得尤为彻底。对个体来说，场所以幸福乐园的形态存在，并引起主体强烈的依恋和思念。对场所的依恋和纽带关系是人的重要欲求。文学中的"恋地情结（topophilia）"是对人周边的自然环境，即空间，赋予某种意义和价值。金东里对他出生并度过幼年时期的古城墙一代怀有依恋，并通过神秘的体验表现出"恋地情节"。

近代化使庆州失去了传统外观和秩序。古城在日帝时期遭到破坏，城墙的大部分在1912—1932年间被拆掉，剩下的空间也被征用修马路和铁轨。城墙遭到破坏的同时，朝鲜时期的官府变成了殖民地时期的统治机构。随着近代化的到来和古城墙的销声匿迹，庆州传统的空间功能也随之消失。城墙的消失使庆州的主体性发生变化：古城墙消失之处即是日帝带来近代化的地方，古城墙保存之处成为相对来说与近代化保持一定距离的传统领域。金东里小说中提到的古城墙即是残垣断壁。城墙成为分界线，内外的氛围不同，象征着古与今、传统与近代。金东里对残存的西侧城墙格外珍视和热爱，它是金东里心目中的原乡。金东里希望这些能够永远保存下来，他在题为《故乡》的诗中表达了这一夙愿。

十年，再回故乡
仍是我生长的那座村庄

泥墙、石壁、残破的矮房
咳嗽的老奶奶还居住在里面

漆黑洞口的青皮树

仍挺立在村口旁

就像从前那样

百年以后是否也一样

再过十年，回到故乡

胡同的晚霞依旧徜徉

——金东里，《故乡》

　　故乡是出生地，是个体存在的地方，是生活的根。故乡的本质属性是被动的、根源性的、不变的。换言之，生长的地方不是个体能够自律地、能动地选择的，而是他人赋予的命运。

　　人受到生长场所很大的影响，从自己生活的场所那里获得正体性。场所一旦消失，人就成为失去根的存在。多年后，当金东里再回故乡，目睹古城墙消失之处出现的新事物，他的心情恰似自己的根消失了。"对于生长在庆州的我来说，失去的故乡是什么？首先是城墙。"

　　失乡意味着个体从共同体中被疏离，从传统和历史中被隔绝。古城墙的消失对金东里来说意味着丧失了故乡的完整性。庆州这个空间虽在，却只是失去正体性的躯壳罢了。

二、城里城外

金东里创作的历史小说《会苏曲》《水路夫人》《耆婆郎》《强首先生》《弥勒郎》《于勒》《源花》《昔脱解》《愿往生歌》等都以庆州为小说背景。这些小说1977年以《金东里历史小说》之名出版，因小说以新罗为背景，学界习惯称之为《金东里历史小说》（新罗篇），现收录在《金东里文学全集15·剑君》中（2013年出版）。这些历史小说以新罗的王公贵族、将军、僧侣、艺术家等为主人公，以伽倻琴、歌谣、诗等新罗当时的文化产物为素材，是金东里根据《三国史记》和《三国遗事》的记录和传说加工、创作的。在金东里的历史小说中，庆州和新罗是金东里小说的空间背景，历史上的新罗则成为时间背景。金东里的历史小说写的即是庆州"城内"的故事。《会苏曲》表现了丈夫因劳役而死后妻子的生活之苦。失去丈夫的妻子将生活的艰难与矛盾通过"会苏"这首歌谣表达出来，把生活之苦升华为艺术，实现艺术对生活的超越，将根植于失败和挫折的韩民族的"恨"表现出来。《崔致远》表现了社会生活中人与人之间的矛盾、嫉妒等负面情绪导致的悲剧性结果，将人的悲剧性、有限性刻画出来。《愿往生歌》表现了世俗生活的幸福与信仰的崇高性之间的矛盾，通过坚守信仰超越了俗世生活。《虎愿寺记》将王权斗争与青年男女的爱情联系起来，讲述了才子佳人的悲剧爱情。

除历史小说以外，金东里还讲述了庆州"城外"的故事。他的《巫女图》《乙火》《曼字铜镜》等便是以庆州为背景，以萨满为主人公的。金东里对小说的空间背景描述如下：

> 在庆州邑外五里的地方，有个小村子，叫作余民村或杂姓村。
>
> ——金东里，《巫女图》，出自《巫女图：金东里短篇小说选》

乙火很有名，只要提起跳大神的乙火，全邑没有不知道的。可是年轻人找母亲的家却几乎花了一整天，那是因为他想尽量避开"乙火"和"跳大神"这两个词；另外，因为村名有好几个，除了头天夜里住在自己原先那个家里的男人说的"城田村"外，还有人说是"城外里""西口"等等，让人摸不着头脑。

这个叫作"西口"的村子是邑里的一个村庄，和城外的一般农村没什么大区别，因为全村几乎都是农户。

这个村和城里之间的旧城墙虽然坍塌了，但界限仍清晰地存在着。一眼看上去，像石堆一样的旧城墙仍然坐落在这座古都的西面和北面。

不仅是城，城外的护城河也依然环绕着城墙。从城里到这个村子的道路有两条，一条是从南门大街——南门遗址所在的大街沿着河向外绕，往西走，绕到村子的东南口；另一条是走过西门大街，横穿护城河，再穿过长长的石桥（用几块长条石铺的桥），进入村子的东北口。

这个村子的名字叫"城外村""西门外村""城外里"

"城西里""西府里""城乾里"，甚至还有个"城田村"的名字。它之所以有好几种叫法，让人不得要领，就跟这种特殊的位置有关。

——金东里，《乙火》

西门大街孤零零的窝棚——那自古代神奇地传下来的窝棚自然也荡然无存，一座新洋瓦房矗立在那里，额头上挂着"庆州酿造厂西区分厂"的白铁招牌。

从西门大街往南，大约走五里，曾经有两个窝棚，朝里紧贴着城边。尽管一般叫两个窝棚，前面的那个略大，是座即将倒塌的旧瓦房，中间有一个屋子，两边是很小的厨房和仓库，从那儿往后几十步远的地方趴着一个小窝棚，也由一个房间、一个厨房组成。前面的大窝棚里住着一个姓昔的鳏夫，后面则住着巫女燕达莱。

——金东里，《曼字铜镜》，出自《巫女图：金东里短篇小说选》

从《巫女图》到《乙火》，再到《曼字铜镜》，萨满家的地址越来越具体。毛火的家杂草丛生，散发着令人作呕的气味，乙火的房子也老旧得瘆人，以至于一搬到这里乙火和丈夫的感情就破裂了。从这方面看，毛火和乙火的居住环境都是原始、阴森的，散发着萨满教作为原始宗教的阴郁气氛。《曼字铜镜》里萨满燕达莱的家是伴随着小说叙述者"我"的眼光介绍的。燕达莱的房子和昔姓（新罗王族的姓氏——笔者注）鳏夫的住处在城里，却也是城边，实际上这里是城内和城外的交界。

由此可见，金东里的新罗题材历史小说、《巫女图》《乙火》《曼字铜镜》在空间上分别代表着城内（新罗题材历史小说）、城外（《巫女图》《乙火》）、城内外交界（《曼字铜镜》）。庆州城里是佛教氛围浓重的新罗精神（新罗的国教是佛教），庆州城外是萨满教的氛围。然而，从《巫女图》《乙火》《曼字铜镜》三部小说发表的时间先后来看，萨满教的氛围从城外逐渐向城内外的边界移动。以佛教为国教的新罗早已不在，但新罗留下的精神文化——萨满教却在金东里的小说中得到延续。从《巫女图》发表的20世纪30年代，经过《乙火》和《曼字铜镜》发表的70年代，在近半个世纪的创作生涯中，金东里对萨满教的定位实现了从边缘向中心移动的趋势。这意味着金东里始终在积极探索萨满教在韩国人精神生活中的位置。到了80年代，金东里表示他认识到由于萨满教无法去除原始宗教固有的弊端，使得萨满教很难在韩国人的精神中发挥积极的作用。事实上，近代以来，萨满教在韩国社会一直被认为是迷信，而金东里在《乙火》中表现的乙火为了驱除儿子昱伊身体里的"杂鬼"杀死了昱伊这个情节来看，金东里也清楚地认识到了萨满教的致命缺陷。正如金东里自己所说："通过萨满教实现人的救赎是不可能的。"

第二节 想象的历史小说

一、"新罗篇"与《花郎外史》

金东里的第一篇历史小说是短篇小说《剑君》。1949年5月15日—27日连载于《联合新闻》的《剑君》是金东里根据《三国史记·列传》中的"剑君"条目创作的。《剑君》的意义不仅在于它是金东里的第一篇历史小说，还在于它奠定了金东里历史小说的内省式人物基调。

金东里的长兄金凡父留有著作《花郎外史》，这是一部1939年完成、载有十名花郎列传性质的书。在序言里，金凡父指出写作《花郎外史》的意图是描绘出花郎精神和花郎生活的景象。

尽管《三国史记》记载着早有金大问的《花郎世纪》问世，并且花郎的史传也不一定只有金大问的《花郎世纪》，但现在都不可见，只能通过《三国史记》和《三国遗事》的文献看到零散的记录。……如果想要描绘出花郎精神和花郎生活的光景，就得采用讲故事的样式（意为可供参考的史料少——笔者注），既然选择了这种样式，就需要一定的润色和演绎，也就自然属于外史的范畴了。但是，不能因为是外史，就可以荒诞无稽，这是从最初就应该警戒的。外史的意义在于写出超越正史的活生生的光景。所以本书的笔触虽拙劣，润色也好，演绎也罢，本书的宗旨在于正确再现实录的真面貌，只要读者能够理解到这一点，著者也就满足了。

——金凡父，《花郎外史·序》

而金东里在他的《金东里的历史小说》（新罗篇）中也表明了这一意图，他称之为"探究新罗魂"。

本书收录的十六篇全部与新罗人的生活、情感、意志、理想、爱和死亡相关，这些是我一直寻找的，并按照我的计划编成的同一基调作品。一言以蔽之，"探究新罗魂"也好，"再现新罗魂"也罢，反正性质就是这样……谨以此书献给我那爱和梦想的摇篮——新罗故土庆州。

以上是我为这本书添加"新罗"这个名称的原委。

在这里，如果再说几句，那么就是如下两项：

这里出现的十六篇作品不是随意写的新罗时期的故事，任何一篇都有历史根据。

上述十六篇故事的内容全部是想象的产物。

——金东里，《金东里的历史小说》（新罗篇）

以上可以看出，金凡父的《花郎外史》的写作目的是描绘花郎精神和花郎生活的面貌，金东里所谓"探究新罗魂"基本与之同义。

《金东里的历史小说》中的人物不局限于花郎，人物身份极其多样，有王族，如昔脱解、讷祈王子；有贵族，如水路夫人、源花；有花郎，如耆婆郎、米勒郎，平民会苏等；有学者，如王巨仁、强首先生、乐师于勒、文官崔致远、僧侣金现等。由于小说主人公身份多样，表达的主题也很丰富，如爱情、忠孝、艺术追求、学者之道、有关信仰的探讨等。作品精神不称作"花郎精神"，而是"新罗魂"也是出于这个原因。《花郎外史》中的人物也不全是花郎，正如金凡父自己所说"不仅仅以花郎的身份流传下来的人物，在精神和行为上具有与花郎相同风格的一类人"，因此，诸如勿稽子、百结先生等也是《花郎外史》中的人物。

《金东里的历史小说》与《花郎外史》之间的关联还表现在两个文本具有相同的叙事态度。《花郎外史》在描写花郎生活面貌时不可避免地选择了讲述传说故事的形式，这就需要润色和演绎，而《金东里的历史小说》收录的16篇故事也全部是作家想象力驰骋的结果。金东里在为再版的《花郎外史》撰写的跋文中写道：

> 《花郎外史》顾名思义是花郎的外史，与其把它看成历史，不如说它是有关花郎的传记小说。全书并不止于整理史实和素材，而是更进一步地形象化地表现了人物（花郎）的心境和思想。
>
> ——金凡父，《花郎外史》跋文

　　与金东仁的会面是金东里重新理解历史小说美学特征的契机，但这种转变是无形的。1936年《山火》当选《东亚日报》新春文艺，金东里同年与主办杂志《野谈》的金东仁首次会面。当时金东仁主办《野谈》杂志，邀请金东里参与写作，但当时金东里对小说家写"野谈"（类似传说故事——笔者注）之类的故事很不看好，他认为虽然小说和野谈（故事）在文章上没什么差异，但人物的性格塑造上会有不同，表现出对写野谈（故事）的不感兴趣。在此后金东里创作的历史小说中，他尤其关注小说人物的有根有据，不断地强调他的历史小说是基于历史的，有意识地将其与野谈区别开来。可是，从金东里的实际创作来看，他的历史小说几乎全部运用了讲传说故事的形式。对此，批评家对金东里的历史小说多有指摘。他们批评金东里标榜他的历史小说"有根有据"，但却只是从《三国史记》和《三国遗事》中获取了素材，在加工的过程中已经完全变了模样，任凭想象发挥。同时，指责金东里的"新罗精神"或"新罗魂"缺乏历史根据和严谨的历史态度：金东里所谓的"史实"只是充斥着乡土气息的神秘主义，沦为金东里的浪漫乡愁。此外，从新罗时期的历史现实来看，新罗统一朝鲜半岛并不是完全依靠本民族的力量完成的，这一点更为20世纪五六十年代的批评家所诟病。

　　韩国史家对于朝鲜半岛的第一个统一王朝新罗有正反两方面的评价。《三国史记》的作者金富轼在李朝前期编撰的史书《三国史节要》和《东国通鉴》中做出了肯定的评价，开化期、日帝时期的日本史学家和朝鲜亲日史学家均对新罗统一表达了相同的态度。但是，朝鲜后期的实学派代表史家安鼎福的《东国纲目》、19世纪金正浩的《大东地志》、开化期的传统儒派史家金泽荣的《历史辑略》、申采浩以及日据时期的民族主义历史学家均对新罗的统一表现出负面评价。当然，庆州出身的金东里对新罗统一表现出积极态度。他在长篇历史小说《大王岩》的连载预告中写道："如果指出韩国人悠久历史的最大事件，那么，我们不得不说是统一。因为那时才实现了单一民族的单一国家。"

然而，我们不得不承认批评家们所言甚是。新罗作为朝鲜半岛上第一个统一王朝，是20世纪五六十年代的韩国社会极度憧憬的对象。但同时，统一新罗与五六十年代的韩国又极其相似：新罗依傍唐朝势力统一了朝鲜半岛，建国不久的韩国依附了美国势力。从理智上说，统一新罗并不能满足近代以来韩国社会企盼的民族独立和自主的精神需求。那么，金东里在明知新罗历史的情况下，积极创作新罗题材历史小说，并标榜"新罗精神"和"新罗魂"的意图何在呢？这就要回到金东里的"纯粹文学"主张上来。

二、超越"历史"

金东里的历史小说并没有超出他的纯粹文学创作理念。他通过历史小说表现了现实生活中的人会遭遇的种种不公和不幸，通过小说主人公对伦理、道德、人性的思考，带领读者进入文化、艺术、信仰的崇高境界。换句话说，金东里通过历史小说讲述的是"人性"的故事。这与他超越有限的人生，实现从人的有限向宇宙的无限升华这一点是相通的。为此，金东里去除了历史小说的"历史性"和"社会性"，使小说人物成为内省式的人物，侧重内在的心理描写。

对于金东里来说，人生的价值高于历史的价值。人是主体，外部世界作为客体不能喧宾夺主。客体对主体的影响，被金东里视为非人因素对人的生命的暴力攻击。金东里把历史看作人与人之间的关系和桥梁。人与人在历史中秉持人本主义理念和平交往，并各自过好自己的人生。当历史以意识形态对立的形式出现，干扰了人的生活时，就违背了人本主义，这时金东里的文学就排斥了历史，他要坚守人的主体性，人生的本质，为此，金东里提出"第三人本主义"来武装他的"探究人生终极的文学"。金东里一生都在坚守人本主义。由于他出生之时朝鲜半岛已经沦为日本的殖民地，解放后直到60年代，韩国一直处于动荡时期，这导致金东里对近代和历史的理解是负面的，是对人性的压制和摧残。因此，金东里为了在文学中坚守人本主义阵地，极力反对任何外在的客观环境对人性的影响。他关注的并非小说人物的整个人生，而是人生的一个断面，这个断面是小说人物最具生命力的一个特征，这个特征通向小说人物的终极，换句话说，金东里为了表现小说人物人生的终极而选取了一个侧面，并将其表现到极致。《巫女图》中的毛火、琅伊和昱伊都只有一面，《黄土记》的亿锁、得宝、粉伊、薛姬也是如此。金东里小说人物的人生是超越历史的，这也是他的小说很少表现出人物生活的具体时代的原因。金东里小说中的萨满教、佛教、乡土气息、神话和传说色彩都只是他表现人本主义的手段，他通过这些原始的、神话的、哲学和信仰等人类精神特质，实现对历史的超越。

第三节　历史小说的形而上学

一、新罗精神

对金东里来说，庆州是他儿时生活的故乡，而新罗则是他精神上的先验故乡。正如人本主义者憧憬希腊神话的世界一样，金东里的精神世界也存在着这样一个遥远而又浪漫、原始而又充满哲思的想象共同体，这就是朝鲜半岛上的第一个统一国家——新罗。

金东里在新罗题材历史小说中积极表现新罗精神。他的新罗精神形成过程中他的长兄金凡父起到了至关重要的作用，可以说金凡父有关新罗花郎的观点被金东里全盘接受。

20世纪初期，韩国学者在内忧外患的环境下致力于挖掘韩国特色文化，申采浩对于韩国"仙"思想的考察属于此类学术活动之一。申采浩（1998）从民族主义出发，叙述了韩民族的仙教与中国道教的差异，表现出一定的民族意识。他认为，花郎原本是上古苏涂祭坛的武士，当时的称呼中含有"仙"字，新罗取美貌之意，称为"花郎"。花郎也称为"国仙、仙郎、风流徒、风月徒"。由此，申采浩判断新罗的花郎（国仙）即仙教的"仙"。金凡父继承了申采浩的这一观点，主张"仙"思想即是风流精神，代表风流精神的就是新罗的花郎。

洪基敦（2013a）指出，金东里曾说："我的长兄不仅作为同辈兄弟，还作为老师对我施予了无穷尽的恩义。特别是我对于人生的理解源自长兄对花郎的看法。"金东里所说的凡父对花郎的观点即与"仙"思想相关。金凡父认为，新罗精神=花郎精神，"花郎精神中有三个要素，只有考察了这三个要素，才可把握花郎的全貌。""第一要素是花郎具有萨满继承者这一特征，第二要素是艺术性，第三要素是军事性。在古代，花郎具有与巫俗直接相关的一面，萨满做的大部分工作也曾是花郎的工作。"金东里的小说即是从金凡父的这个见解出发的，这是理解金东里小说的根据。金东里在登上文坛以前头脑里已经接受了花郎精神，这一点从他最初发表的作品《花郎的后裔》《废都诗人——废都知识分子的气质》（洪基敦，2010）可以发现。《废都诗人》中，金东里有如下表述："我在废墟祭坛上点起蜡烛寻找从前华丽的梦。久远的传统和希冀的浪漫主义流过我的五官。传统之子、废都之子，是我的宿命。我无论怎样挣扎，怎样努力，也不可能从久远的传统和从前的梦中永远解脱出来。"金东里创作许多萨满题材的小说也与他努力表现花郎精神有关。金东里将《巫女图》主人公毛火视为体现第三人本主义的人物，也是将毛火视为"花郎的后裔"的结果，这一点从上文金凡父的言论中可以看出来。金允植指出《巫女图》和《山祭》相呼应，其根据也在于"仙=花郎（萨满）"这一观点。《巫女图》的毛火与西欧思想的对决表现出花郎的对抗性，《山祭》主人公太平把自己的前身归为自然，再现了花郎的萨满性质。

在韩国批评史上，新罗精神曾是一个争点。20世纪50年代诗人徐廷柱初次使用"新罗精神"一词，60年代成为批评界热议的话题。

50年代初，徐廷柱在诗歌《善德女王赞》中表现出新罗精神的萌芽。1948年韩国和朝鲜分别建国，此时的徐廷柱作为生活在分裂现实中的诗人，通过高度赞扬善德女王，表达他对统一的热切盼望。他无限憧憬善德女王治理下的新罗，将之称作"先验的故乡"，用古代统一王朝——新罗映射当时分裂的朝鲜半岛。徐廷柱的新罗精神在他的论文《新罗研究》（1960）和他的第四本诗集《新罗抄》（1960）中得到充分的体现。以此为契机，新罗精神也成为争论的焦点。文德守（1963）赞扬新罗精神，认为新罗精神具有现实主义层面的意义；而金允植（1963）则批判新罗精神是殖民地劣根性的表现，反近代性被包装成了以新罗精神为名义的民族主义。不管怎样，新罗精神在传统与现代、纯粹与参与、现实主义与永恒主义尖锐对立的20世纪60年代，在创作和批评两方面都成为焦点。

　　反映新罗精神的代表性作品要属金东里的《金东里历史小说》（新罗篇）和徐廷柱的诗集《新罗抄》。《金东里的历史小说》（新罗篇）中收录的新罗故事散发着忧郁而又悲伤的浪漫诗意。但小说主人公无一不是道德高尚、情感丰富、体察人心、悲悯人性的思考者，其中不乏才子佳人的爱情故事，只是这些故事并无实现的可能。金东里的精神世界深受长兄金凡父的影响。金凡父曾著《花郎外史》，尽显新罗时期花郎的风流倜傥，他认为花郎道受到儒、佛、巫、仙道等思想的影响，是忠君爱国的青少年团体。金东里继承了金凡父的这一观点。他在创作表现新罗精神的历史小说时，并没有历史的沉重感，而是着眼于逆境中的新罗人，他们或感情受挫（《水路夫人》）、或价值观遭到挑战（《剑君》），他们失去爱人、朋友，但逆境中的他们并没有轻易地打破伦理道德的底线去报复或争夺，而是从内心出发，不断地思考，在守住伦理道德底线的同时，承受着生命之苦。小说的结局大都上升到人性层面，用艺术、信仰克服了现世的悲苦，实现了有限人生的升华。

金东里小说中很重要的一个话题是"人和神的关系"。金东里之所以考虑人和神的关系，是因为他认为西方人本主义本来就是与神本主义相对的概念，那么也应该将近代的人本主义置于神（宇宙）的对立面来考虑，换句话说，金东里在以宇宙为参照物探讨人。金东里（1980）说："萨满教的人类观不是半神性质，而是与神的，是包含神的人。""与神性"这个概念是金东里用来指称萨满教人类观的用语，这不是一个宗教性的概念，而是表现出金东里对终极人生的追求达到了新的层次。金东里在对萨满教、儒教等的探索中已经明白凡是宗教都有排他性，这与他坚持的每个人都可以突破有限达到无限的泛人类性不相符。因此他不再从人以外的世界中寻找宇宙的大规律，而是回到人本身，他提出每个人都内含着神性，我们需要做的就是想尽一切办法发现它，并实践它，这样人就通过修身重生为新人类。金东里创作与神性质的历史小说目的在于重新考察被金凡父界定为"风流精神"的花郎的本质，全方位展现新罗人的生活的原型，并以此探寻传统的新意。

二、儒教伦理与形而上学

1982年金东里在接受访谈时坦承"通过萨满教不能实现人的救赎"（金东里，刘安珍，1982），1986年他将儒教和基督教进行比较，力证儒教的伦理和形而上学（金东里，1986）从金东里不断地通过随笔、演讲和评论的形式挖掘儒教的形而上学特质来看，他在探索韩国人精神本质方面，将视线从萨满教转向了儒教。他创作的以古代中国为背景的短篇小说《龙》和长篇小说《春秋》将姜太公和伍子胥两位历史人物刻画成典型的英雄式人物、儒家思想集大成者。不仅主人公，小说中的正面人物群像皆为儒家君子。

金东里在文章《儒教和基督教》中，详细阐发了儒教的伦理和形而上学特征。他从"作为崇拜对象""作为终极人生的决定者""无限世界与伦理关系""作为信仰的祭祀"等四方面精辟地阐释了儒教的伦理和形而上学特质。

首先，儒教的崇拜对象——天。金东里认为，儒教的"天"是对时间和空间上的"无限世界"的象征性的指称，是抽象的存在。孔子对于无限世界的态度是消极的，他没有发扬原始时代流传下来的对"天"的认识，反而对其敬而远之。换句话说，孔子一方面强调"天"的存在，但另一方面对于"天"的具体性质不做阐释，使之停留在抽象的理念层面。孔子用来指"天"的词还有"上天""上帝""皇天""天帝"等。例如，肆类于上帝，禋于六宗，望于山川，偏于群神。

——《尚书·舜典》

帝德广运，乃圣乃神，乃武乃文，皇天眷命，奄有四海，为天下君。

——《尚书·虞书·大禹谟》

天亦哀于四方民

——《尚书·召诰》

天生德于予，桓魋其如予何？

——《论语·述而篇》

夫子矢之曰：予所否者，天厌之！天厌之！

——《论语·雍也篇》

　　金东里分析了孔子将"上帝""皇天"之类的词统称为"天"的原因。他认为，儒教的"天"经过子思、孟子，再经过宋儒的阐释，"天"始终没有形成人格化的存在，而是作为道、德、理、气以及左右价值的根源存在，它发挥着统摄自然和人生的"无限世界"的主宰作用。有人认为应该称呼儒教为"儒学"也是出于这个原因。

　　其次，"天"是终极人生的决定者。金东里认为，只要是人，就是有限的、不完整的存在。将有限与无限、不完整与完整连接起来的通路是什么？孔子没有言明。子思通过曾子之口揣测孔子的心意，并在《中庸》里提及了这一问题。

> 天命之谓性，率性之谓道，修道之谓教。
>
> ——《中庸》

他说，赋予所有人的"性理"便来自于天。这样，人道和天道联系起来。因为"性"是天给予的，所以人能够做到仁、义、礼、智、信。如果坚持仁义礼智信，这就是人道，也是天意，因此，尽了人道也就通向了天道。

> 唯天下至诚，为能尽其性，能尽其性，则能尽人之性。能尽人之性，则能尽物之性；能尽物之性，则可以赞天地之化育；可以赞天地之化育，则可以与天地参矣。
>
> ——《中庸》

金东里认为，至诚地践行天赋性理的人就是至诚的圣人。那么，怎样做是至诚地实践性理呢？他说，就要每个人都开发出自身具有的性理，并诚心诚意地把它发挥出来。到这里，我们就看到了金东里主张的所谓"与神性"的人的含义。金东里认为，每个人身上都有天生的"神性"，只要每个人都将自身的"神性"发挥出来，那么全人类就都能做到突破有限，实现无限。从儒教层面来看，金东里所说的"神性"其实就是儒家所讲的"性理"，而他在儒教小说《春秋》和《龙》里塑造的伍子胥和姜子牙就是至诚地践行"性理"的"与神性"人物。

再次，无限世界和伦理关系。金东里认为，儒教的无限世界不以来世（死后世界）为前提，儒教不考虑死后的世界。儒教主张，如果在现世竭尽了人道，那么就可以通向天道，因为儒教认为人道即是天道。

所谓"能尽其性，则可以与天地参矣"。这里的"尽其性"就是"修道"。因为性理是天赋予的（天命之谓性），所以践行性理就是践行天理、天道。

因此，人为了实践人道不必等到来世。在人生活的现实世界中践行人道，就符合了天理，就能够达到无限世界。

那么，儒教讲的"仁"又是什么？金东里解释说，曾子称仁为"忠恕"，孔子根据问者不同做出过"克己复礼""仁者其言也讱"的回答，这是孔子因材施教的表现。金东里认为，孔子的上述表述都不及曾子所说的"忠恕"更贴近"仁"的本意。"忠恕"是对自己诚实，对他人宽容，帮助有困难的人。在实践精神层面考察"忠恕"，它是仁、义、礼、智、信、勇；根据实践对象不同，"忠恕"又是孝、悌、忠、信。

最后，有关儒教的信仰问题，金东里从儒教的现世福祉问题入手。他认为，儒教通过两个方法达成现世福祉。一是通过易理避免不幸，追求幸福、吉祥。

> 是故君子居则观其象而玩其辞；动则观其变而玩其占。是以
> 自天佑之，吉无不利。
>
> ——《周易·系辞传》

金东里解释说，《系辞传》实际上是孔子口述，出自孔子门人之手，被历代儒者崇尚，儒教哲学的核心——理气论的来源"太极阴阳论"就出自这里。由此，他认为易理占卜是儒教最为重要的福祉办法。

儒教第二个现实福祉办法就是祭祀祖先和父辈。通过祭祀，得到祖先的护佑。这一点是众所周知的了。

韩国学界认为儒教只有伦理规范，缺乏形而上学，并以此为由，提出将儒教称作"儒学"。金东里却专门撰文论证儒教的伦理和形而上学特质，并将其与基督教进行比较，有意保持儒教在韩国的宗教地位。与基督教相比，儒教的现世主义更贴近于人本主义思想，金东里将儒教的性理与他一直探索的"与神性"的人相结合，意在提出通过儒教创造内含神性（即性理）的全新类型的人，历史小说《春秋》和《龙》是他探索儒教伦理和形而上学的重要作品，伍子胥和姜太公就是金东里试图创造的全新类型的人或人的形象——"与神性"的人。

参考文献（作者姓名音译，按时间顺序排列）

方旻华，2004. 第三人本主义与"花郎"的小说变容研究：以金东里《萨班的十字架》为中心［J］. 现代小说研究（24）：257-275.

方旻华，2010. 新罗人"爱"的美学与文人精神：以金东里《强首先生》为对象［J］. 韩中人文学研究30：97-115.

高智慧，2021. 20世纪50年代"新罗"谈论与国家叙事创作：以金东里的新罗系列创作为中心［J］. 现代小说研究82：197-226.

洪基敦，2005. "仙"思想与超越近代的民族性：关于金东里反日意识的思想依据［J］. 语文论集33：217-236.

洪基敦，2010. 金东里研究［M］. 首尔：昭明出版社.

洪基敦，2013. 统一新罗谈论与仙教的再发现［J］. 我们的文学研究（38）：519-542.

洪基敦，2013. 古都之梦与废都作家：金东里和庆州［J］. 韩国现代文学会学术发表会资料集（8）：75-83.

洪基敦，2013. 以"仙"思想谋求人类与自然的融和：读金东里小说1［J］. 瀛州语文，26（8）：235-256.

洪景杓，2005. 历史人物谈论与小说化过程：有关金东里的历史短篇小说［J］. 语文学89：401-422.

金炳佶，2009. 金东里历史小说与东方精神：以"新罗篇"系列的谈话分析为中心［J］. 现代文学研究38：7-38.

金炳佶，2015. 金东里历史小说"新罗系列"的"神佛信仰"研究［J］. 禅文化研究18：325-353.

金鼎卨，1987. 风流精神［M］. 首尔：正音社.

金东里，1977. 金东里的历史小说（新罗篇）［M］. 首尔：智绍林出版社.

金东里，1980. 创造全新的人的形象——内含神的人［J］. 广场（87）：57-61.

金东里，1986. 儒教和基督教［J］. 学院论丛，14（1）：77-96.

金东里，2002. 巫女图：金东里短篇小说选［M］. 韩梅，崔胤京译. 上海：上海译文出版社.

金东里，2004. 乙火［M］. 韩梅 译. 上海：上海译文出版社.

金东里，2013. 金东里文学全集33·谈金东里［M］. 首尔：季刊文艺.

金东里，2013. 金东里文学全集11·黄土记［M］. 首尔：季刊文艺.

金东里，刘安珍，1982. 金东里的文学世界［J］. 广场（103）：142-151.

金凡父，1967. 花郎外史［M］. 首尔：凡父先生遗稿刊行会.

金允植，1963. 历史的艺术化——揭露新罗精神这个怪物［J］. 现代文学10：266-281.

金允植，2002. 未堂的语法和金东里的文法［M］. 首尔：首尔大出版部.

梁振午，2012. 庆州的深渊，金东里的文学［J］. 季刊抒情诗学，22（4）：258-265.

刘文植，2020.金东里小说中庆州"恋地情节"研究：以庆州古城墙和"艺妓清水"为中心［J］.新罗文化55：205-228.

全桂成，2020.国家的"花郎精神"称呼与金东里的文学性对应关系：以《花郎外史》和金东里历史短篇小说的差异为中心［J］.岭南学72：103-137.

全桂成，2020.金东里历史小说的与神性研究［J］.韩国文艺批评研究65：151-176.

申采浩，1998.丹斋申采浩全集［M］.坡州：萤雪出版社.

文德守，1963.新罗精神的永恒性和现实性［J］.现代文学4：367-378.

第四章　阐释金东里小说的新视角

第一节　《春秋》的文学伦理学解读

金东里（1913—1995）是韩国现代文学巨擘，韩国为纪念庆州出身的金东里和朴木月两位作家，设置了由官方和民间合办的"东里木月文学奖"。自20世纪30年代登上文坛，金东里始终倡导"纯粹文学"，学界研究大体上也基于"纯粹文学"理念探讨他的文学世界。古代中国是金东里重视的文学舞台之一，也是他借以表现儒教伦理观的文学场域。以伍子胥为主人公的《春秋》便是他以中国春秋时期楚、吴、越三国为背景创作的长篇历史小说。

金东里（1940a）认为"所谓创作精神是指由作家主观（个性、命运）创作的伦理要素和神秘要素。作为真正的创作精神的伦理要素，不是那种修身教科书……而是在作者的个性、命运和意愿中产生的，即伦理的创造。"金东里将表现伦理问题视为作家创作的重要内容之一，并将文学作品看成作家的伦理创造。可以认为，金东里的文学即是其创造的抽象伦理世界。他在另一篇文章（1940b）中再次强调了"伦理"是文学作品中不可或缺的："……因为所谓追求人的个性和生命的终极的精神，本质上是哲学的、宗教的、神秘的命题，所以其作品世界当然不能不显示出哲学的、伦理的、神秘的、灵魂的性质。"金东里作品的思想倾向是由于他对"命运文学观的伦理感知"，他认为，人与天地处于有机的关系当中，而人也因此被赋予了共同的命运（金东里，2013a）[5]。金东里主张艺术表现人生，其根据就在于文学的伦理性质。他不仅肯定文学作为新的伦理探索的积极价值，还将伦理探索视为文学的一种重要功能（黄致福，2005）。

20世纪50年代以后，金东里对两种新的文学对象产生热情：一是古代东方世界，二是古代犹太世界。前者催生了以《龙》为代表的多个重要短篇和孔子直接登场的长篇小说《春秋》（金东里，2010）。金东里将《春秋》和《龙》定义为"有关儒教"的小说（金东里，2013b）[113]。他在《春秋》中塑造了东方君子的英雄形象伍子胥和完美实现了儒教理想的虚构"孔子"形象，并试图以此提出东方政治理念的范本（李东夏，1996）。金东里出生在传统的儒教家庭，十分推崇儒家的仁义礼智、忠孝、信义伦理规范。他辩证地阐述了儒家的天性、性理、人道、天道等概念，从"儒教哲学"的高度探讨儒家伦理规范的性质和作用。他认为，从儒教哲学层面来看，"天"被发展为天道、性理。因为人从属于天（自然的大宇宙）的法则之内，所以人性中也有天道、天理，正如《中庸》第一章开头的"天命之谓性"。至诚地修行性理就是至诚地遵守忠孝和仁义礼智信之法。如此一来，儒教的忠孝和仁义礼智信等伦理条目就具有了形而上学的意味。他认为，遵守忠孝和仁义礼智信就是至善，即是至诚地修行性理，是遵守天道，是人顺应天（自然的大宇宙）的法则和道理，就是天人合一。这样，儒教伦理就具有了哲学性质，甚至是宗教的性质（金东里，1985）。他援引"九经""五达道""三达德"论证可谓儒教哲学原初教本的《中庸》即是完全以"诚道论"为中心，以"善"为根本的，正所谓：诚身有道，不明乎善，不诚乎身矣（《中庸》）（金东里，2013b）[237-238]。

20世纪50年代的韩国社会，既有价值体系崩塌，伦理矛盾增多，利己主义蔓延，物质至上，二元对立盛行。这导致既有道德规范动摇，生活体系受到威胁。伦理与其说是良好规范，不如说是拖累和负担（李廷德等，1998b）。《春秋》正是在这种传统伦理面临解体的背景下面世的。《春秋》于1956年4月至1957年2月在韩国报刊《和平新闻》连载，此后多次出版单行本，或入选金东里文学选集、全集。本节试图采用文学伦理学批评方法重新解读《春秋》，阐释其通过主要人物的伦理身份、伦理选择、伦理冲突等呈现出来的君臣伦理、家庭伦理和女性伦理，探究《春秋》内在的超越时空的伦理特质。

一、君臣伦理的建构、解构与重构

文学作品通过对人如何进行自我选择的描写，解决人的身份的问题。在文学作品中，所有伦理问题的产生往往都同伦理身份相关（聂珍钊，2014）[263]。金东里"对国家民族有着深深的关心和忧虑"（金东里，2013b）[240]，《春秋》诞生在韩国社会期待能够出现为民族统一大业牺牲的、智勇双全的武力英雄之时，是金东里参与时政的表现（许莲花，2007）。《春秋》中的君臣伦理象征着50年代韩国男性对于国家和社会的伦理责任和伦理义务，表现了君臣伦理随着伍子胥伦理身份的变化从建构到解构再到重构的过程。

（一）天下明辅伍子胥：建构忠君伦理

《春秋》开篇浓墨重彩地表现伍子胥在"斗宝会"前后的杰出

表现。斗宝会的故事在中国《列国志传》（第六十四回 临潼伍员争明辅，子胥威震临潼会）（余邵鱼，1998）、《七十二朝人物演义》（卷十四 卞庄子之勇）（齐豫生等，1999）和《临潼斗宝》（石印红，1987）中都有记述，《春秋》在古籍记录基础之上进行了虚构和改编。小说中伍子胥陪同楚灵王赴会期间显露出智勇双全的才干，被推举为"明辅"，即诸侯群聚之时公议推选的一位光明正大地评定列国争端的主持人（金东里，1991）[27]。伍子胥不辱使命，以文武之才瓦解了秦国以强凌弱、图谋霸主地位的阴谋诡计，为各诸侯国排忧解难。伍子胥不仅保护了楚灵王，还助其在诸侯国中树立了威信，充分尽到了忠君的伦理责任。斗宝会是伍子胥践行君臣伦理的舞台，它确立了伍子胥的明辅身份，使其成为世人公认的忠君典范。

伦理身份是道德行为及道德规范的前提，并对道德行为主体产生约束，有时甚至是强制性约束，即通过伦理禁忌体现的约束（聂珍钊，2014）[264]。明辅身份要求伍子胥遵守君臣伦理，以忠君为准则做出伦理选择。一旦他放弃了明辅身份或做出了违背忠君原则的选择，便会触犯君臣伦理禁忌，产生伦理冲突。

（二）"天下罪人"、复仇者伍子胥：对君臣伦理的自觉解构

尽管依照春秋时期的家庭伦理，"孝"是对贵族长子的要求（陈来，2017）[315]，但金东里在写作《春秋》时孝思想已经成为韩国普遍的伦理道德，他基于韩国的伦理观念赋予了伍子胥孝伦理观念。在《春秋》的伦理语境中伍子胥为尽孝可以舍弃生命，却又必须听从兄长之命放弃尽孝而筹备复仇。当复仇被一再推迟，他或仰天长啸，或

痛哭不止，认为自己背负着不孝、不义的伦理大罪，死后会变成无处可去的"天下罪人"（金东里，1991）[200]。

随着伍子胥的伦理身份从明辅到"天下罪人"、复仇者的转变，小说中的君臣伦理也出现了从忠君到被解构的变化过程。小说先后抛出"谁能助伍子胥复仇""伍子胥向谁复仇"的问题，表现伍子胥面临这些问题时做出的伦理选择。首先，在吴王人选问题上，伍子胥认为姬光能助其复仇，便选择帮助姬光篡权；其次，当得知平王已死，伍子胥悲愤之下决定对平王尸体复仇。两次选择都是有悖君臣伦理的。这不是以明辅身份，而是以复仇者身份做出的选择。复仇者的伦理是排除万难，为复仇创造条件。值得注意的是，自从伍子胥得知平王诱杀他和兄长，便对平王的君王身份进行了解构。伍子胥每提到平王都直呼其名"弃疾"。这说明在伍子胥的伦理认知里，平王已不再是君王，而是个普通人，是他不共戴天的仇人。这样，伍子胥自觉解构了平王和他的君臣关系，摆脱了君臣伦理规范的束缚。

与之形成鲜明对比的是，伍子胥流亡期间世人都称之为"明辅"。这说明在世人眼中他的荣誉尚在，仍是受天下人爱戴的道德楷模。可是，如前所述，以"天下罪人"自处的伍子胥在踏上复仇之路的时候，已经放弃了明辅身份，这意味着伍子胥不再承担包括君臣伦理在内的伦理责任。如此一来，世人眼中的"明辅"与复仇者伍子胥之间产生了伦理身份认知的偏差，这导致伍子胥的复仇引起了他和世人之间激烈的伦理冲突。伍子胥复仇的决心从未动摇，小说对此进行了充分的伦理阐释：一方面，复仇是伍子胥遵从兄长之命，对父兄尽孝义的伦理义务，有其伦理正当性；另一方面，只有复仇，他才能免去不孝、不义的伦理大罪，摆脱"天下罪人"之身，重构伦理身份。

（三）忠义之士伍子胥：对忠君伦理的回归与重构

值得注意的是，《春秋》在表现忠君伦理被解构的同时，并未放弃对伍子胥形象的维护。事实上，每当伍子胥做出的伦理选择有悖君臣伦理时，小说都要随之做出多角度的讨论，以寻求读者的道德谅解。

对于伍子胥选择帮助姬光篡权，《春秋》从僚王、姬光、季札三个关键人物的角度分析，用以说明吴国易主的原因是多方面的。首先，僚王对季札态度傲慢，不能及时与之商榷国家大事。他刚愎自用，"性格主动，不把像季札这样消极退后的人放在眼中"（金东里，1991）[177]。僚王占据王位自认理亏，他"因为姬光辈分在自己之上，又是长子嫡孙"（金东里，1991）[134]，平日便很尊敬，他"……也十分清楚，是他凭着父王的基业，把从辈分来看应该传给姬光的王位夺了过来"（金东里，1991）[136]。这样就形成一种对僚王不利的伦理语境。其次，姬光对王位虎视眈眈。《春秋》一面表现姬光暗地指责僚王违背伦理辈分抢占了本属于他的王位，另一面表现楚国子西以大义名分为重，辞让唾手可得的王位，为楚国社稷鞠躬尽瘁的崇高道德。在对比中不无对姬光的伦理谴责。最后，季札性格消极、不关心政事。《史记》中德高望重的季札在《春秋》里被描写成消极处世的王族，对姬光篡位负有失察之责。如此一来，僚王的结局便是多种原因导致的，不可全部归咎于伍子胥了。

伍子胥复仇前苦寻平王墓而不得，情急之下他贴出告示，如果在时限内没人告诉他平王墓的位置，就要杀掉郢州四十岁以上的男子。一名参与建造平王墓的老石工找来，一面指出伍子胥打算对平王尸体复仇是过分的，另一面，还以幸存者的身份讲述了为预防伍子胥前来报仇，平王墓建成之后，七十多名工匠及家属遭到王室屠戮的惨剧。这样，在王室滥杀无辜的伦理语境下，伍子胥对平王的复仇行为便附带着为冤魂伸张正义的积极意义。

伍子胥复仇之后，申包胥以君臣、父子的世道大义指出他触犯了人伦纲常（金东里，1991）[285]。伍子胥难以抑制内心的痛苦，发出伦理诘问："……那让我怎么办？我那毫无过错的父兄，为那十恶不赦的君主所杀，还被灭了三族。难道因为他是君王，就只能作罢吗？难道不能有怨恨吗？因为他死了，成了尸体，怨恨就消失了吗？"（金东里，1991）[285-286] 这是有关伍子胥是否触犯了君臣伦理禁忌的讨论。一旦结论是肯定的，那么复仇成功之后伍子胥的伦理身份重构便成为一个棘手的问题：曾经触犯君臣伦理禁忌的人还怎么成为一位忠义之士？为了解决这一伦理冲突，金东里并置了另一个为父报仇的事例：楚国功臣斗子旗被平王所杀，其子斗怀主张向楚昭王复仇，也发出同样的诘问："没有一点过错被处极刑的人，由于是君王的命令就不能复仇的话，那么天地间还有什么正义可言？"（金东里，1991）[273] 这实际上反映了中国春秋时代最为引人关注的君臣伦理关系。在正常情况下，君臣伦理表现为以死报效君主，是一种忠的观念，也强调下对于上的服从和上对于下的使令，表示统治—服从关系的有序和顺遂。

有的观点把君臣的上下关系比拟为天地的自然高下，认为违反君臣规范等于违背自然法则。但在特殊情况下，也出现与之不同的观点，认为君之被杀，过错在君失其威，君欺其民，所以政治上的一切都应该由君主负完全责任，与人民无关。君主履行了以"赏善"和"爱民"为代表的责任和义务，人民会爱仰之、敬畏之。否则，人民就会反抗，而这种反抗是合乎天意的（陈来，2017）[317-322]。金东里把春秋时期有关君臣伦理的两类不同观点借伍子胥和斗怀之口呈现出来，这样，伍子胥的复仇便不是其个性所致，而成为那个时代具有相同经历的人共同面临的伦理困境。

金东里还描写了伍子胥为触犯军法的伯嚭说情、为向船夫报恩放弃替太子复仇从郑国撤兵的情节，用以塑造伍子胥富于人情的忠义形象。《春秋》借孙武之口评价伍子胥："他明晰伦理，精通兵法，但还总是具有人情味，总考虑到人情。他懂得法度，却不拘泥于法度，总能发现超越法度的一面。"（金东里，1991）[291-292]这就冲淡了复仇者伍子胥的愤怒形象，塑造出爱恨分明、有血有肉的忠义形象。金东里采用多角度描写的方式，一方面客观塑造了人物形象，另一方面，因伍子胥的伦理选择产生的结果由多个人物共同承担伦理责任，以此寻求对伍子胥的道德谅解，为小说重构伍子胥的伦理身份铺路。

《春秋》中伍子胥具有重构伦理身份的自觉。复仇之后，伍子胥接到楚国提出的撤兵请求时，他表示自己身为吴国重臣对吴王和陈蔡联军负有伦理责任（金东里，1991）[286]。他有意识地站在吴国立场思考国家利益得失，能动地重构新的伦理身份。伍子胥始终按照君臣伦理履行对吴王的伦理责任和伦理义务，直至死于忠谏。尽管他对夫差"女人般柔和而又情绪化的软弱性格颇为不满"（金东里，1991）[109]，但仍恪守君臣伦理，他甚至教导部下"……如果你真为我考虑，就仿照我的志向，以死向君王尽忠"。如果说从前伍子胥在斗宝会上表现出来的忠君伦理是君臣同心同德促成的对君臣伦理的正向建构，那么，此时重构伦理身份的伍子胥则是以吴王的昏聩为参照物，是对复仇前遵从的"不论贤愚，父兄还是父兄，君王还是君王"（金东里，1991）[285]的"君父一体"伦理的回归。"这期间我坚持苦谏，……只是为了君王，为了向君王竭尽忠诚，……我能做的就是即使献出我的老命，也要竭尽忠诚。"（金东里，1991）[201-202]可见，重构伦理身份之后，伍子胥的忠君思想表现得更为强烈，他的忠君是以死为终点的。

小说中伍子胥用"忠义"二字总结他一生遵奉的伦理准则，特别强调了对父母和君王的忠义（金东里，1991）[194-195]，并将忠义品德当作遗训交待给儿子伍封。吴国灭亡三年后，伍封重回吴都，随处可见当地人对伍子胥的追思和纪念，称颂其卓越的人格和忠义之心（金东里，1991）[270-271]。至此，伍子胥忠义之士的身份完成了重构，君臣伦理也在经历一番考验之后，以伍子胥向死的忠谏实现了强势回归。

二、家庭伦理中的父子关系：精神导师与孝子

在韩国五六十年代政治、经济、社会混乱的现实背景下，强调"父父子子"这种父母和子女双方伦理义务的典型伦理——孝，丧失

了过去"顺从的""积极的"伦理规范意义，沦落至为了规范而规范的境地。另一方面，并非父母—子女伦理的"子女过得好就是最大的孝"则作为孝伦理规范固定下来，自17世纪以来一直坚守的孝伦理规范发生了变化。（李廷德等，1998a）《春秋》有两条伦理线：主线是吴越三次大战，以伍子胥为中心人物，塑造了伍子胥的忠义形象，表现了国家和社会中的君臣伦理；副线便是家庭伦理中的父子关系，以伍子胥—伍封父子为中心，表现了精神导师般的父亲形象以及孝子形象。

《春秋》塑造了伍奢—伍子胥、伍子胥—伍封两对父子形象，用来表现同一种父子关系。父亲形象首先是通过父子谈话实现的，在父亲死后，则通过儿子遵照父亲遗训和不断感念父亲表现出来。伍奢在《春秋》中的笔墨不多，但他却影响了伍子胥的一生。伍奢生前与伍子胥有关斗宝会的谈话中，父子的政治理念和见解一致，谈话氛围庄重而不失商榷的余地。伍奢明言做父亲的如果太压制子女，反而会阻碍子女的发展（金东里，1991）[12-13]。他教育伍子胥凡事三思而行，这成为伍子胥立身扬名的重要指引。斗宝会的整个过程中，伍子胥听从父亲教导"三思而行"，功成名就。伍奢死后，伍子胥流亡途中遭遇的两次难关都是蒙受父亲恩惠才安全度过。首先，伍子胥单骑过城父时，留宿他的老人说自己曾蒙恩于伍奢；在昭关渡口，帮他渡关去吴国的渔夫也说伍奢"不是一般的忠义之士"（金东里，1991）[126]。总之，伍子胥的成功脱险，很大程度上得益于父亲。《春秋》明写伍子胥历险，暗写伍奢的高尚品德。父亲的生前死后，都为伍子胥提供了莫大的帮助。如果说伍奢—伍子胥的父子关系是对韩国儒教主导下的家庭伦理父子关系的超越，那么，伍子胥—伍封父子则寄托着金东里对50年代父子伦理的反拨。

20世纪50年代中期至60年代末，韩国社会中父亲专注于在外工作，母亲负责家务管理和子女养育，父亲对于子女的伦理责任停留在形式上，而实际上由母亲承担。这导致父母对于子女的伦理责任变为爱护的、物质的性质，从男性伦理变为女性伦理，从责任的伦理变为给予的伦理（李廷德，朴许植，1999）[63]。金东里细致描摹伍子胥作为父亲的高大形象，不无针砭时弊、展示父亲榜样的目的。

作为父亲，伍子胥关心伍封，常以宽容之心理解他（金东里，1991）[118]。尽管伍封放弃与西施的爱情归根结底是为了不忤逆伍子胥的政见和他对吴王的忠诚，但小说通过多角度描述减轻了伍子胥的道德责任。这表现为，首先，伍子胥没有正面干涉伍封的爱情，无明确的反对态度，也不曾积极参与意见，只是选择默认伍封放弃爱情的决定。其次，由母亲引导伍封放弃了这段感情，母亲讲述了父母的爱情故事，引导伍封仿效父亲把爱情的成败交给西施，而伍封应该顺从命运的安排；再次，小说最后，伍封通过对比母亲和西施的性格，将爱情失败归因于西施消极的性格（金东里，1991）[270]，进一步确认了当事人的责任。小说着重表现的是，当伍封爱情失意准备再次出游时伍子胥对他的精神指引，即让他去拜孔子为师，增进学艺。伍封见到孔子后，首先想到的是"仿佛是自己的父亲"（金东里，1991）[170]。伍子胥能够在伍封人生失意时，给予正确的精神指引，使伍封不仅克服了爱情失意，还逐渐完成了自我成长。伍封感念父亲的引导，"听从父亲的吩咐来找孔夫子真是对了。"母亲临终时，精神成长后的伍封表达了对父母的爱和孝，"……现在我不会像以前那样让母亲难过，也不会让父亲过多地担心了。"（金东里，1991）[180] 当伍子胥感到吴国将灭时，首先想到的是保全伍封，并安排好他的去处。伍子胥嘱咐伍封听到他的死讯也不要回来，要改姓易名，保全自身，为祖先祭祀（金东里，1991）[94]。作为父亲，伍子胥为儿子尽了最后一分力量，而这又成为伯嚭陷害伍子胥的证据。

伍子胥作为父亲的成功还表现在他为伍封留下了宝贵的精神遗产，即对父母、君王的"忠义"伦理。在生死诀别时，伍子胥特别强调了他的"忠义"伦理观，"人的生死固然不是小事，但大不过忠义。我为忠义活到今日，即便为忠义而死也不后悔。……把我的话铭记在心，每当想念我的时候就想一想我刚才说的话。"（金东里，1991）[194-195] 作为父亲，伍子胥既做到教育时的宽容、理解和疼爱，也能够为儿子留下精神财富，承担起了教育子女的伦理责任。

伍子胥作为父亲楷模的形象还通过伍封对他的不断感念表现出来。伍封感念父亲的仁慈，父亲从没因为伍封没能达到他的要求而严厉责备（金东里，1991）[171]。伍封信任父亲，尊重父亲的政治理念。作为儿子，伍封深知父亲把对君王的忠义视为生命，他为了维护父亲的忠心和家族荣誉，放弃了和越女西施的爱情。"我就算杀死自己十次，也不能杀死我的父亲。""假使我和她逃出吴都，我的家族会怎样？父亲的愤怒！母亲的绝望！诛灭三族……""好吧。我杀死自己吧！我离开这里，无论去哪儿都行！"（金东里，1991）[156]伍封在个人与家族之间做出了舍弃个人、保全家族荣誉的伦理选择。小说最后，面对国破家亡的现实伍封痛不欲生，但他没有选择死，"因为那是对他的父亲和祖先的罪过。""他的父亲在预感到吴国将灭的时候，不是自己做好死的准备，只想着保全儿子的生命，并严肃地托付他为祖先祭祀吗？"（金东里，1991）[271]金东里在小说末尾再次强化了伍子胥精神导师般的父亲形象和伍封的孝子形象。

　　20世纪50年代，父子关系已经成为韩国社会瞩目的伦理问题。1955年6月12日韩国《东亚日报》登载了题为《父亲的义务》的报道，比较具体地提出了家庭伦理中父亲对子女的义务："……父亲在日常要亲近子女，与妻子一起作为子女教育的共同参与者发挥作用……父亲应该站在子女的立场指导子女，而不是站在父亲的立场"。（李廷德，朴许植，1999）[61-65]当日报纸还登载了一则二十四岁已婚男青年因小事被父亲责骂，负气自杀的报道（佚名，1955）[285]。面对紧迫的家庭伦理问题，这时期韩国社会有关父母对子女的伦理责任问题的谈论，不是将其置于家庭内部进行，而是从社会角度出发，强调父母对子女的伦理责任不是慈爱，而是应教育子女使之成人后能够端正地生活（李廷德，朴许植，1999）[60-61]。金东里在创作伍子胥的父亲形象时，有意识地表现了父亲对子女应当履行的伦理责任。

　　文学的根本目的不在于为人类提供娱乐，而在于为人类提供从伦理角度认识社会和生活的道德范例，为人类的物质生活和精神生活提供道德指引，为人类的自我完善提供道德经验（聂珍钊，2012）[8-9]。

三、女性伦理："传统论"与韩国女性特质

20世纪50年代的韩国由于国际国内的特殊环境导致男性不在场，女性为生计走出家庭在社会中谋生，女性拥有职业获得经济权后在家庭中的地位发生变化。此外，驻韩美军基地的被称作"洋公主"的女性性服务群体以及混血儿等特殊群体的出现，使以父系血统为根基的家父长制的韩国社会感受到了伦理危机。在男性对家族成员（特别是女性）的物理的、直接的强制已经不可能的情况下，为了重启家父长制，需要强调作为内在规范的儒教伦理和儒教精神。这样，韩国提出"传统论"，意在发掘韩国传统文化中的精神力量，用来支撑包括伦理重建在内的国家建设。对于女性来说，则是赞扬传统妇德。在近代贤妻良母的概念上赋予传统性，创造出以申师任堂为典型的新"传统"女性形象，使其成为规范女性的意识形态。50年代的韩国为了国民团结和民族身份认同、父权秩序恢复，将传统看作有效的重建手段（全恩京，2006）。

金东里理解的"传统"既包括儒教文化，也包含韩国固有的诸多要素，这一点也体现在他的女性观上。金东里对女性的观点是多面而复杂的，他认为女性是"多情、纯粹、文静、奉献的"，而又应勇于主张正义，甚至敢于对抗强权。他曾举古希腊女性安提戈涅不畏王权国法埋葬兄长尸体的例子，褒扬女性的勇敢和刚毅（金东里，2013a）[136]。金东里曾撰写题为《韩国女性的特质》的文章，列举从

新罗、百济、高丽、朝鲜王朝，直到韩国三一运动期间的女性楷模，努力从韩国古典文化中挖掘韩国女性不同于其他国家女性的特质，并将其归为坚韧和强大的意志力。有学者指出，韩国古代社会（指李朝之前——笔者注）女性在家庭生活中有相当的主体性。与男性相比，尽管女性活动领域被缩小，但在家庭范围内其作为妻子和母亲的作用得到了重视。及至李朝，在国家理念上引入儒教社会秩序，才对男性和女性的区别对待更加严重（金英深，2003）。由此可见，二者都试图从固有文化中探究韩国女性伦理。金东里（2013a）[151]专门探讨了女性伦理的发展变化，他指出："无论哪个时代，所谓实践性的伦理，与全新的、尖端的比起来，已经有规可循的、陈旧一些的比较好。""有规可循的、陈旧的"女性伦理正契合了他维护既有女性伦理的倾向。

《春秋》塑造了秦国相国之女妍和陈国公主吉贞两位具有代表性的贵族女性。她们首先遵守了家庭伦理中的妇德，这表现在她们在有关婚姻问题上遵从了父亲的意愿。儒家女性伦理以"三从之道"的思想在经济上、人格上限制女性，女性只能通过丈夫和家庭找到自我的同一性，即女性是家庭内部的存在，是被家庭伦理彻底管辖的生活（李淑仁，1993）。另一方面，妍和吉贞不仅契合金东里的"多情、纯粹、文静、奉献的"女性观，还突显了女性敢于挑战权威，坚忍不拔、具有意志力的伦理要求。妍在未得到伍子胥任何承诺的情况下决心非他不嫁，期间经历了同父亲无数次的抗争，当伍子胥四年间杳无消息，妍离家出走寻找伍子胥。小说多处着墨于妍的心理描写，将她的多情和纯粹体现得淋漓尽致。而在偶遇的场景中，二人意外重逢的激动和欣喜也只是通过环境描写和心理描写表现出来，他们的谈话极其冷静、克制，遵守伦理规范。

《春秋》特别强调女性对男性的自我牺牲和奉献精神。姘答应伍子胥不复仇就不成亲，她因伍子胥多次身陷囹圄，为支持伍子胥的复仇事业大度地劝他先与吉贞成亲。金东里这时的描写也充分表达了他对姘高尚品德的褒扬，"姘用她那好似聚合了漫天星辰的精气的、神秘的、如花的眼睛大胆地望着伍子胥的脸庞。"姘对伍子胥的多情、纯粹、奉献与自我牺牲，以及坚定信念不惜与父亲抗争，最后踏上追寻爱人的路都充分诠释了金东里的女性伦理观。

吉贞在对待感情方面与姘如出一辙，但金东里通过她表现的是女性之间的友情。金东里认为，与男女爱情相比，友情超越了单一对象的限制，可以是复数，从这个层面说，友情与男女爱情相比更接近"人间爱""人类爱"（金东里，1987），是高层次的情感。他援引儒教的"朋友有信"，说明友情的生命在于信义。姘对吉贞的怜悯也是通过二人的友情表现出来的，她们重视约定，以信义为重，友情超越了爱情。吉贞遵守约定帮助姘逃脱陈国，姘也履行诺言极力促成吉贞和伍子胥，甚至以死相求，但终因吉贞早逝作罢，而本就体弱多病的姘因吉贞的死健康每况愈下，凄婉地度过余生。从这个层面看，姘和吉贞的友情具有了命运共同体的特征。

从哲学思维上看，友情是在以理性为中心的合理主义传统中不能够普遍化的私人感情，但是在现代，共同体和友情的品德被用来应对个人主义，友情的作用开始受到重视。亚里士多德曾谈及卓越的人之间以及男性之间的完美友情，康德将友情定义为通过平等、相互爱戴和尊重实现的两人之间的联合。友情是自发的，是一种选择。它可以改进相互作用的方式，扩大相互帮扶的范围，加深亲密关系的程度（李慧贞，2010）。《春秋》中女性之间的友情是遵守信义、高尚、纯洁、超越爱情的高层次情感。可以说，《春秋》是金东里女性观的良好注脚。

综上所述，针对50年代韩国社会广泛存在的伦理问题，金东里在《春秋》中塑造了儒教伦理规范下国家、社会和家庭需要的男性和女性楷模。《春秋》告诉我们男性对于国家和社会应该是尽忠尽职的忠义之士，在家庭中应该是宽容、明智、能够履行教育子女的伦理责任的精神导师，赢得子女的尊重和爱戴，进而通过父亲的努力，建立良好的父子伦理关系。女性保持传统的沉默与奉献美德的同时，又要敢于坚持正义。女性之间应以信义为基础建立起超越男女爱情的、更接近"人间爱""人类爱"的高层次情感。这在《春秋》问世半个多世纪后的今天仍有重要的教诲意义。

参考文献（作者姓名音译，按时间顺序排列）

金东里.感伤主义、冷情和同情［J］.博文，1940，（12）

金东里.新世代的精神［J］.文章，1940，2（5）

佚名.男子因父亲责备自缢身亡［N］.东亚日报，1955-6-12（3）

金东里. 思绪流似江河［M］. 首尔：甲寅出版社，1985

金东里 编. 友情17章［M］. 首尔：彻文出版社，1987

石印红口述，王增光等整理. 临潼斗宝 石长岭传本［M］. 沈阳：春风文艺出版社，1987

金东里. 春秋（上、下）［M］. 首尔：太白，1991

李淑仁. 女性伦理观形成的渊源研究：以《礼记》为中心［J］. 儒教思想文化研究，1993，5

李东夏. 金东里［M］. 首尔：建国大学出版部，1996

李廷德等. 从老人的体验看二十世纪五六十年代的家庭伦理［J］. 大韩家政学会志，1998，36（11）

李廷德等. 小说中的二十世纪五六十年代韩国家庭伦理研究［J］. 韩国家族关系学会志，1998，3（2）

余邵鱼著，张固也等点校. 周史演义（列国志传）［M］. 长春：吉林人民出版社，1998

李廷德，朴许植. 韩国家庭伦理变迁史IV［J］. 大韩家政学会志，1999，37（7）

佚名著，齐豫生，夏于全主编. 中国古典文学宝库第84辑 七十二朝人物演义［M］. 延吉：延边人民出版社，1999

金英深. 韩国古代社会女性的生活和儒教：以讨论女性伦理观为中心［J］. 韩国古代史研究，2003，30

黄致福. 东亚近代文学思想比较研究——以夏目漱石、鲁迅、金东里的反近代性为中心［D］. 高丽大学博士学位论文，2005

金恩京.作为韩国战后重建伦理的"传统论"和女性［J］.亚细亚女性研究，2006，45（2）

许莲花.金东里小说的现实参与性质［D］.首尔大学博士学位论文，2007

金炳吉.金东里的历史小说和东方精神——以"新罗篇"系列的谈话分析为中心［J］.现代文学研究，2009，（38）

金东里.金东里短篇选 等神佛［M］.首尔：文学与知性社，2010

李慧贞.女性力量强化的几种断想：主体、共同体、连带以及友情的伦理［J］.韩国女性哲学，2010，14

聂珍钊.文学伦理学批评及其它——聂珍钊自选集［M］.武汉：华中师范大学出版社，2012

金东里.同命运交往［M］.首尔：季刊文艺，2013

金东里.饭和爱和永远［M］.首尔：季刊文艺，2013

聂珍钊.文学伦理学批评导论［M］.北京：北京大学出版社，2014

陈来.古代思想文化的世界：春秋时代的宗教、伦理与社会思想［M］.北京：北京大学出版社，2017

第二节　金东里小说的伦理道德意蕴

一、伦理道德与金东里的小说

金东里（1913—1995）是韩国现代文学巨匠，基于金东里文学的纯粹文学性质，研究者在佛教、儒教、萨满教、民俗世界、民族意识、虚无意识、人本主义、人神关系等作品分析和作家意识研究方面取得了丰硕成果，从新的视角阐释金东里文学便成为学界努力的方向。对此，申东旭挖掘了金东里小说对时代、社会和历史的表现，拨开了金东里纯粹文学面纱下反映社会现实的一面，许莲花（2007）系统阐述了金东里小说对韩国社会现实直接或间接的参与。黄致福（2005）首次提出并详细梳理了金东里的"伦理观"，认为金东里的人本主义伦理观更加关注人与自然及人神关系，而较少表现人与人的关系，具有神秘色彩。黄文侧重金东里文学理论的逻辑分析，未深入文本。李粲（2011）通过细致分析部分小说的人物和情节，发现金东里小说中的传统价值与近代价值的对立等伦理现象。上述研究成果为金东里研究实践中运用文学伦理学批评方法提供了极大的可能性和广阔的前景。

如果我们关注金东里的伦理身份会有新发现。目前，学界关注的仅是金东里的作家、评论家的身份，却忽视了他的教育工作者身份。金东里（2013b）[72-74]表示，他以各种形式从事教育事业六十余年，常感到愉快和有意义。他青少年时期致力于日帝殖民统治下朝鲜村民的扫盲和民族意识教育。朝鲜半岛光复后，他以教育韩国女性为目的撰写多篇相关文章，先后在徐罗伐艺术大学、中央大学等高校从教、任职。在这些人生历程中，金东里的小说始终体现了对人应该怎样生活的教育和引导。"教也者，长善而救其失者也"（《礼记·学记》），"教育"是"按一定要求培养"和"用道理说服人使照着（规则、指示或要求等）做。"可见，"教育"一词本身就蕴含着明确的道德教诲含义。"教育旨在'使人向善'，且其本身就应当是善的。因此，教育本身就是一项具有丰富道德内涵的社会活动，它在其本性上是道德的。教育与伦理（道德）的结合是内生的而非任何外力的强迫。"（钱焕琦，2008）当教育工作者和作家的身份合二为一，金东里小说对人的教育、对道德人生的劝诫也就跃然纸上。金东里（2013b）[16-19] 倾向于"人道还生"理念，"所谓'人道还生'是人只有端正地生活，不对他人做坏事，来世才能再做人"。金东里的多部小说表现了对人的善恶和伦理规范的真挚思考。金东里的代表作《巫女图》（1936）、《黄土记》（1939）、《驿马》（1948）艺术地呈现了伦理规范的重要作用，警示了触碰伦理红线的危险性；长篇小说《春秋》（1956）则以史为据呈现出儒家伦理道德范本。

二、《巫女图》与萨满教伦理的弊端

金东里少年时期所作的诗《死亡之屋》（也称《废家》）创造了杂草丛生、成群的蚊子、夜晚屋檐下悬挂着纸灯的家的意象，《巫女图》中毛火的家便是如此，充斥着原始、死亡的氛围。

毛火是具有偏执倾向的萨满，她的精神世界是彻底的萨满教世界，她荒废了人的正常生活，总"喝得醉醺醺的""手舞足蹈"地唱歌。毛火将世间万物视为高于自己的神灵，她则是神灵的侍者，她放弃了人的伦理，彻底接受了萨满教伦理。当毛火发现昱伊信奉基督教，断定他"被杂鬼缠上身了"。萨满教不把人自身存在的问题看成是自己的问题，在巫俗社会中，一个人存在的精神层面上的矛盾被转嫁为鬼神的错误，痛苦、灾难、疾病都归罪于祖先神、杂鬼等的错误。毛火试图用请神仪式杀死恶鬼，却杀死了昱伊而不自知。虽然心理上是母爱，但由于在实践伦理上附从了萨满教，导致了这场杀子的伦理惨剧。

"韩国文化的地层有三层：佛教文化、儒教文化和基督教的西欧文化。但位于中心的地核是萨满教。"（柳东植，1985）正因如此，基督徒昱伊也笃信鬼神。他对母亲和妹妹的看法与毛火对他如出一辙：昱伊认定二人被邪鬼缠上，琅伊因为邪鬼附体才变成哑巴（金东里，2002）[101]。可见，毛火和昱伊的伦理认知本质相同：放弃了人类伦理，附从了萨满教的鬼神之说，试图采用驱鬼之术对待对方。昱伊为了除去母亲和妹妹身体里的恶鬼，借助外力积极扩充基督教在当地的势力范围（金东里，2002）[111]，这客观上摧毁了毛火赖以生存的精神世界，导致势单力薄的毛火以死抵抗基督教，这是昱伊依从萨满教鬼神之说导致的间接弑母。

《巫女图》中的萨满教是金东里应对外来文化势力的手段。在日本对朝鲜半岛殖民统治最黑暗的时期，他试图在小说中呈现韩民族的文化特性，便将视线投向了儒教、佛教传入之前朝鲜半岛固有的原始信仰——萨满教。因此，金东里在基督教和萨满教之间的倾向十分明显。金东里讽刺基督教治病从最开始的"一分钱也不要"（金东里，2002）[108] 到后来"每天，女人的银指环、金戒指等不计其数地献到讲坛上，捐献的钱也如流水一样。"（金东里，2002）[110] 毛火在生命终结之时喃喃自语："春天要是江边开了桃花，素服白裳女儿琅伊，一定问问我的消息……"（金东里，2002）[115]，此刻萨满恢复了母亲身份，虽然短暂，却终究实现了向人的伦理的回归。小说末尾琅伊说话"比以前清楚多了"（金东里，2002）[116]，更是艺术性地表达母亲为让女儿开口说话而自我牺牲的人伦大爱。

《巫女图》中昱伊的异父妹妹琅伊自幼失去说话能力，足不出户，在语言和行为上切断了与外界的沟通（金东里，2002）[105]。她未接受人的伦理教育，继承了毛火的心智，全凭本能行事。聂珍钊（2022）认为，自由选择为了打破道德束缚和满足个人欲望，容易失去理性而进行错误选择。琅伊对异父兄长的爱恋及付诸行动即是自由选择的表现。因为受生活空间闭塞和母亲的影响，琅伊在某种程度上是介于自然选择向伦理选择过渡的人。原本可以在毛火和昱伊之间起到调节作用，使他们回归人的伦理的琅伊，反而成为二人脱离人的伦理的离心力。正如李甫永（1973）认为的那样，《巫女图》的琅伊和毛火以及《黄土记》中拥有超人般精力的亿锁和得宝、多血质的粉伊没有日常的体热，具有一定的非人特质。

三、《黄土记》与斯芬克斯因子

《黄土记》的神话色彩和虚无主义已为学界所认同，也有研究者提出《黄土记》里生不逢时的壮士（天才）形象是金东里在日帝时期怀才不遇的投影（金贞淑，1996）[145]。然而，正如金东里所说，亿锁是踏实可靠的黄土沟壮士，得宝是一般认为会成为"逆贼"的壮士，粉伊的性格更像得宝，而薛姬接近于亿锁，小说表现了"他们的人性"（金贞淑，1996）[89]。由此可见，《黄土记》人物塑造的原理是善与恶的对照，是人性的表达。这为我们提供了运用文学伦理学批评方法重新阐释《黄土记》的依据，《黄土记》是一部表现斯芬克斯因子的杰作。

亿锁的力气是具有破坏性的原欲，他"看见东西，就恨不能砸个粉碎，摔个稀烂。"（金东里，2002）[40]但这原欲因为家族长辈深信"自古以来就传说黄土沟要是出了大力士，黄土沟的人就会对父母不孝，成为国家的叛逆。"（金东里，2002）[39]而受到管束和压制。这成为亿锁以理性意志控制兽性因子的外在力量，也是他原罪意识的来源，他感到非凡的力气使他生来就是危险的、有罪的。人们所说的亚当和夏娃偷吃禁果的原罪，实际上就是人类通过伦理选择把自己从兽中解放出来后对人身上仍然存在的兽性因子的理解（聂珍钊，2004）[35]。亿锁的人性因子控制了兽性因子，他以自残的方式企图消灭难以控制的力气，这体现了从外在压制到内在控制的自觉过程。但中年以后，亿锁放松了对兽性因子的警惕，"他开始到酒店喝酒，和女人厮混"（金东里，2002）[41]，黄土沟流传的"双龙说"即象征着男女触犯禁忌的惩罚是毁灭性的，预示着小说人物的悲剧结局。但小说有意塑造亿锁善的形象，即便在亿锁背弃妻子时也有"传宗接代"（金东里，2002）[46]的正当理由，与完全受自由意志支配的得宝形成鲜明对比。大力士得宝先是因杀人潜逃，与当地大户人家的夫人有染，又和外甥女辈分的粉伊育有一女。得宝在亿锁和粉伊夫妇之间扮演着不光彩的角色，却不引以为耻。总之，得宝毫无伦理意识，是任凭自由意志驱使的人物，代表着人性恶的一面。

《黄土记》的人物关系表现了斯芬克斯因子中兽性因子和人性因子的力量消长。亿锁、得宝二人的兽性因子通过打斗场面表现得淋漓尽致。亿锁撕咬得宝右肩的一块肉，"吧唧吧唧"嚼了几下从嘴里吐出来（金东里，2002）[37]。得宝撕下亿锁左耳的一半叼在嘴里（金东里，2002）[38]，二人兽斗一般的血腥场面与"双龙说"中两条龙互相撕咬头部相映衬。惨烈的打斗只是二人释放力量的游戏，是"心情最舒畅、愉快和满意的时间"（金东里，2002）[35]。被兽性因子驱使的二人在血淋淋的打斗中体会原始的、野蛮的娱乐。

文学作品中描写人的理性意志和自由意志或自然意志的交锋与转换，其目的都是为了突出理性意志怎样抑制自然意志和引导自由意志，让人做一个有道德的人（聂珍制，2014）[42]。小说通过表现得宝从恶向善，恢复伦理意识，做出正确的伦理选择这一过程，发挥伦理教诲作用。得宝伦理意识的觉醒是以粉伊的毁灭为转折点的。被粉伊刺伤以后，得宝"完全老了"（金东里，2002）[52]。外貌的急速老化，象征着自由意志的消退和理性意志的萌发。理性意志使得宝反思自己的荒谬，开始向伦理回归。小说结尾，得宝挑起最后一场打斗时说"你（指亿锁——笔者注）这家伙别以为不给我办丧事就能死"，意味着随着象征恶的得宝的自我消灭，亿锁也将实现向伦理意识的彻底回归。

在人物性格方面，粉伊和得宝相对应，是自由意志的代表。她缺乏伦理意识，往来于亿锁和得宝之间，没有任何伦理考量，甚至不记得亲生孩子的性别。在混乱的家庭伦理、情感伦理中，嫉妒心激发了粉伊毁灭一切的兽性因子。"她的脸上散发着阴森的毒气，两眼洋溢出异样的光彩，怀里揣着一把布片裹着的锋利的匕首。"（金东里，2002）[50]外貌由美到丑的变化象征着粉伊兽性因子导致的理性丧失。在非理性意志的驱使下，粉伊杀了孕中的薛姬，刺伤了得宝。她"鼻子一下嗅到了儿时偷偷捧起来吃过的干土的气味，精神有些恍惚"，暗示着粉伊兽性因子的爆发和向儿童自由意志的彻底倒退。人一旦丧失理性，自由意志就会脱离理性约束，陷入自然主义的泥淖，任凭原欲泛滥，让人变得与兽无异（聂珍钊，2014）[42]。粉伊的毁灭与得宝的救赎形成对比，昭示着伦理意识和理性意志对人至关重要的作用。

四、《驿马》与伦理意识

《驿马》是金东里运用多种象征和暗示写出的富有诗意的小说（金贞淑，1996）[195]，表现了主人公伦理意识从潜在到自觉，再到确立的过程。母亲为改变性骐的驿马命（流浪命——笔者注）想尽办法，但性骐最终还是走上了流浪之路，这与《俄狄浦斯王》的命运书写异曲同工。金东里（1980）认为，索福克勒斯的文学散发着强烈的阳光和好似湿地之花的原色香气，仍旧隐藏着许多秘密和有弹力的生命感。可以认为，金东里的《驿马》是受到《俄狄浦斯王》的影响而创作的。聂珍钊（2006）认为，俄狄浦斯的悲剧是一个在伦理和道德上自我发现、自我认识和自我救赎的悲剧，自始至终都是他的伦理意识在起作用。性骐的流浪是潜在的伦理意识锤炼之后的自觉和确立。

《驿马》讲述了性骐在不知情的情况下对母亲的异腹妹妹从朦胧爱恋到自觉断情的过程。性骐对契妍的情感表达是与睡梦相关联的，整部小说带领读者走进了朦胧的意境之中。梦境般的描写，既符合二人情窦初开的心态，又将性骐的自由意志置于理性控制之外。当得知契妍身份时，性骐感觉"这一切都像在做梦"（金东里，2002）[71]。朦胧之境使性骐的自由意志具有了模糊的性质，象征着性骐伦理意识的潜在未发。与朦胧之中受自由意志驱使的性骐相比，清醒时的性骐表现出一定的伦理意识。他为维护契妍形象阻止她卖酒，看到契妍和男孩一起吃瓜时打她耳光（金东里，2002）[70]。考虑到金东里小说中的男女吃食物具有象征"爱的行为"（金贞淑，1996）[181]的意味，便可理解性骐的粗暴举动具有的伦理意味，但由于这些举动是在外力作用下激发的，这也证明了性骐的伦理意识尚未自觉。直到他面对与契妍的永诀时，因意识到母亲在场而强烈自持，以及得知与契妍的血亲关系后，"他用着火的眼睛盯着天花板看了半天，好像下了什么新的决心，暗暗地咬紧了嘴唇。"（金东里，2002）[74]这时性骐的伦理意识方实现了自觉。母亲那句"还有人伦啊！"强调了伦理的不可突破性，而这"反倒给了性骐力量"，使他真正意识到自己曾站在伦理红线上。性骐从重病中惊人地痊愈便是他伦理意识发挥积极作用的结果。事实上，小说开篇花开集市的"岔路口"已向读者提出了选择一条怎样的人生路这一问题。人做出怎样的伦理选择，便会踏上怎样的人生路。小说最后，性骐在三岔路口选择了与契妍去向不同的那条路，他走得越远，"心情也轻松起来"，"竟然边走边哼起了小调儿"（金东里，2002）[75]，这说明性骐在内心层面确立了伦理道德选择。《驿马》是性骐伦理意识确立过程的长镜头，为青年树立了道德榜样。

参考文献（作者姓名音译，按时间顺序排列）

金东里.感伤主义、冷情和同情［J］.博文，1940（12）

金东里.新世代的精神［J］.文章，1940，2（5）

李甫永.莲花的秘义——金东里论［J］.徐罗伐文学·东里文学研究，1973，8

李炯基.金东里论［J］.徐罗伐文学·东里文学研究，1973，8

金东里.瞑想的池塘边上［M］.首尔：杏林出版社，1980

柳东植.韩国基督教（1885—1985）对其他宗教的理解［J］.延世论丛，1985，21（1）

金贞淑.金东里的生活与文学［M］.首尔：集文堂，1996

申东旭.金东里小说中的悲剧性生活认识［A］.李在铣.金东里

［C］首尔：西江大学出版部，1998

金东里.巫女图：金东里短篇小说选［M］.韩梅，崔胤京，译.上海：上海译文出版社，2002

黄致福.东亚近代文学思想比较研究——以夏目漱石、鲁迅、金东里的反近代性为中心［D］.高丽大学博士学位论文，2005

聂珍钊.伦理禁忌与俄狄浦斯的悲剧［J］.学习与探索，2006（5）

许莲花.金东里小说的现实参与性质［D］.首尔大学博士学位论文，2007

钱焕琦.教育伦理学［M］.南京：南京师范大学出版社，2008

李龢.金东里文学的反近代主义［M］.首尔：抒情诗学，2011

都香顺.韩国萨满教的诸要素研究［J］.韩荣研究论文集，2013，5

金东里.金东里文学全集29·饭和爱和永远［M］.首尔：季刊文艺，2013

金东里.金东里文学全集30·同命运交往［M］.首尔：季刊文艺，2013

聂珍钊.文学伦理学批评导论［M］.北京：北京大学出版社，2014

聂珍钊.伦理选择概念的两种涵义辨析［J］.外国文学研究，2022，44，（6）

第三节　韩国小说史脉络下的金东里小说

一、韩国古小说和历史小说对儒家伦理思想的全面接受

杨昭全（2004）援引《尚书大传》[①]《史记》[②]《汉书》[③]《三国志》[④]的记载，结合朝鲜最早的历史文献《三国史记》《三国遗事》中箕子东赴朝鲜的记录，提出中国汉字传入朝鲜的时间"始于殷商之末、西周之初"。汉字的传入为儒家伦理思想的传播确立了先决条件。新罗儒家伦理思想大家崔致远之后，高丽朝出现了李奎报、李齐贤、"海左七贤"等崇尚儒家伦理思想的文学家。公元930年，高丽朝创建国学，讲授儒家经典；958年，以儒家经典为考试内容的科举制开始实行，儒家伦理思想成为国家选拔人才的标准，汉字承载的儒家伦理思想在朝鲜半岛加速传播。朝鲜朝建国以来，随着"斥佛崇儒"政策的推行，文风大盛，程朱理学与词章之学同步发展，这种重视汉文化思想的社会文化语境促使士林阶层进一步扩大，进而出现了数量可观的能够创作汉文小说的小说生产群体和能够鉴赏汉文小说的小说消费群体（金宽雄，金晶银，2011）。于是，15世纪后期，以金时习的《金鳌新话》为开端，韩国汉文小说开始蓬勃发展。

用汉字写就的韩国汉文小说是儒家伦理思想的重要载体，自许筠的《洪吉童传》问世以后，韩文小说也加入了传播儒家伦理思想的行列，金万重的《九云梦》和《谢氏南征记》，朝鲜后期的《刘忠烈

传》《蔷花红莲传》《林庆业传》等皆是其例。金宽雄（1998）[148-176]针对韩国古小说⑤与中国文学、印度文学的关联问题提出独到见解，并从韩国古小说与中国史传传统、文言小说、明清白话小说等方面作出十分精辟的论证。韩国古典诗歌、散文和小说大体上都以表现儒家伦理思想为宗旨（金显龙，2000），此不赘言。值得一提的是，金宽雄（1998）[149]提出："韩国文学积极主动地接受中国文学的影响，并非纯然自发的活动，而是以韩国文学发展的主体需要为内在依据的。换句话说，并非两种文学传统偶然地碰到一起，而是韩国文学根据需求做出的选择。因为中国文学符合作为农耕民族的韩民族的文化心理。"此观点从生产关系的角度找到了韩民族采用外语（汉文）进行文学创作的深层原因。换言之，这是韩民族文化发展内驱力作用的结果。这从经济学角度也可找到根据。采取农耕生产方式的历史越悠久的区域，因"播种—收获"这一费时费力的生产周期而内生出"安居乐业"、偏好稳定、重视未来的文化，当地人也因此有更低的贴现率，农业带来了更多的人口、更大的村庄甚至城镇，人口密度上升对人际合作提出了高要求，因此居住在这些地域的人群，到今天，其文明仍然秉持集体主义价值，更看重宗族血缘网络（陈志武，2002）。中国先哲认为：人与宇宙的观念是充满圆融、和谐的，人的小我生命一旦融入宇宙的大我生命，两者同情交感一体俱化，便浑然同体、浩然同流，绝无敌对与矛盾（方东美，2019）。韩国人也讲究"天人合一"，崇尚自然主义，"具有鲜明的现世主义倾向"和"偏重过去事实的经验主义倾向"（金宽雄，1998）[150]。在共同的文化心理作用下，韩国古代社会接受儒家伦理思想存在内在必然性。儒家伦理思想传入后，韩国人因地制宜地将其发展为"儒教"，作为生活伦理和规范秉持至今。

可以说，韩国在对待伦理道德与人文精神方面，受到中国的儒家思想影响最为深远（全寅初，2009）。在现代，韩国作家对儒家伦理思想的推崇和弘扬仍在继续。现代作家群体中，金东里对儒家思想形而上特质的阐释在深度和高度上都具有代表性。他曾辩证地阐述儒家的天性、性理、人道、天道等概念，从"儒教哲学"的高度探讨儒家伦理规范的性质和作用，认为从儒家哲学层面来看，"天"被发展为天道、性理。他说，因为人从属于天（自然的大宇宙）的法则之内，所以人性中也有天道、天理，正如《中庸》第一章开头的"天命之谓性"。至诚地修行性理就是至诚地遵守忠孝和仁义礼智信之法。如此一来，儒教的忠孝和仁义礼智信等伦理条目就具有了形而上学的意味。他还认为，遵守忠孝和仁义礼智信就是至善，就是至诚地修行性理，是遵守天道，是人顺应天（自然的大宇宙）的法则和道理，就是天人合一。这样，儒教伦理就具有了哲学性质，甚至是宗教的性质（金东里，1985）[282-283]。他援引"九经""五达道""三达德"论证可谓儒教哲学原初教本的《中庸》即是完全以"诚道论"为中心，以"善"为根本的，正所谓：诚身有道，不明乎善，不诚乎身矣（《中庸》二十章）。（金东里，2013b）

19世纪末20世纪初，随着日本对朝鲜半岛的殖民和西方文化的强行介入，韩民族开始了曲折的近代化进程，韩国古小说也完成了其历史使命。但以儒家伦理思想为旨归的古小说精神却在近现代小说中得到继承，即所谓的"历史小说"。韩国历史小说的题材大体分为韩国历史和外国历史两类，其中，中国历史是重要的题材来源。从20世纪20年代韩国历史小说嚆矢朴钟和的《缢死的女子》（1924）（朴桂弘，1963）发表，到21世纪的当下，韩国历史小说呈现出惊人的文学生命力，且不乏李光洙、金东仁、金东里、金声翰、朴景利、康信哉、金薰、蒋正一等著名作家的手笔。韩国历史小说在不同时期承载着迎合时政或针砭时弊的重要作用。以20世纪五六十年代为例，当时韩国为了团结国民、确立民族身份认同、恢复父权秩序等，将传统文化看作有效的重建手段。在这样的社会背景下，金东里在中国题材长篇历史小说《春秋》（1956）中通过塑造忠义之士伍子胥和完美实现儒家伦理理想的孔子形象，试图提出东方政治理念的范本（李东夏，1996）。同时，由于政治、经济、社会伦理混乱，韩国社会自古奉行的"家庭主义"受到挑战，自17世纪以来一直坚守的孝伦理规范发生了变化。强调"父父子子"这种父母和子女双方伦理义务的孝伦理丧失了过去"顺从的""积极的"伦理规范意义，而并非父母—子女伦理的"子女过得好就是最大的孝"则作为孝伦理规范固定下来（李廷德等，1998a）。《春秋》塑造了伍子胥—伍封这一对慈父孝子形象，伍子胥是家庭伦理中精神导师般的父亲，伍封是恪守"家庭主义"观念的孝子，小说高度赞扬儒家忠孝伦理规范。此时，韩国内外的特殊环境导致男性不在场，女性为生计走出家庭在社会中谋生。一方面，女性拥有职业获得经济权后在家庭中的地位发生变化，另一方面，驻韩美军基地被称作"洋公主"的女性性服务群体以及混血儿等特殊群体的出现，使以父系血统为根基的家父长制韩国社会感受到了伦理危机。在男性对家庭成员（特别是女性）物理的、直接的强制已经不可能的情况下，为了重启家父长制，需要强调作为内在规范的儒家伦理和精神。韩国提出"传统论"，意在发掘传统文化中的精神力量，支持包括伦理重建在内的国家建设。"传统论"在女性方面表现为赞扬传统妇德。在近代贤妻良母的概念上赋予传统性，创造出以申师任堂为典型的新"传统"女性形象，成为规范女性的意识形态（金恩京，2006）。《春秋》便塑造了以牺牲、奉献为美德的传统女性形象，以迎合时政，匡正社会不良风气。

可以说，直至21世纪，韩国历史小说和历史剧仍秉持着儒家伦理思想，这一思想在东亚社会依旧发挥着重要作用。黄维樑（2010）曾以《文心雕龙》"发挥事业""炳耀仁孝"的儒家思想评论21世纪初热播的韩国历史剧《大长今》，指出《大长今》宣扬的就是儒家思想，除仁孝之外，兼有忠义礼智信等美德。自古以来的中韩文化交流，其根基在于儒家伦理思想，这是中国传统文化对亚洲乃至人类的极大贡献。

二、韩国近现代小说对萨满教精神的扬抑

尽管韩国古典文学中不乏萨满教要素，但萨满教却是近代以后因学者们的阐释而开始受到瞩目的。萨满教在韩国又称"巫教"，早在19世纪末朝鲜半岛面临西方帝国主义势力和日本殖民势力的威胁时，

早期民族主义知识分子为应对政治殖民和文化殖民，将萨满教提升至学术研究的层面。20世纪初朝鲜半岛变成日本殖民地以后，萨满教成为争取独立和开展民族文化运动的策略和手段。以挖掘古朝鲜的建国神话《檀君神话》中的萨满教信仰为出发点，20世纪20年代以后，启蒙民族主义者以《三国遗事》等史书为资料进行文献考证。其萨满教研究既具有对抗日帝文化同化政策的文化民族主义运动性质，也在将韩国萨满教与东北亚萨满教的比较中赋予其地缘政治学意义，以此将韩国萨满教与世界性原始宗教——萨满教关联起来。20世纪30年代至50年代，田野调查从实证主义视角对萨满教进行民俗层面的研究，萨满教回归了原本的民俗宗教性质。20世纪60年代至90年代，萨满教已经渗透到宗教学、文学、人类学、精神分析、戏剧、音乐等多个领域。这时期，对萨满、巫歌的研究提升至理论层面，萨满教在心理、宗教、社会等方面的文化特性得到深层剖析。萨满教不再是历史的、过去的萨满教，而是现在的萨满教。韩国民众精神文化中残存的萨满教被定性为亚欧大陆的萨满教的组成部分，从而成为韩国人精神中普遍存在的最基础的部分（金成礼，1999）。这样，萨满教作为韩国民众的精神要素被提出并确立下来，不断反映在韩国现代文学中。20世纪20年代初，小说家们将萨满教看作迷信，对其不感兴趣。直到20年代中期以时调复兴运动为契机，萨满教才在近代文学史上露面（吴文昔，2013）。

如果说韩国文化地层有佛教文化、儒教文化和基督教的西欧文化这三层，那么位于中心的地核是萨满教（柳东植，1985）。萨满教被表现在韩国文学的过程即是韩国"民族志"形成的过程，文学的这种努力促使韩国民众自觉将萨满教视为基本信仰（朴珍淑，2006）。萨满教的自然主义精神在韩国近现代诗和近现代小说中不断表现出来。金素月的萨满教生态学思维和想象表现了人与自然的灵魂纽带关系，唤起现代人对自然的尊重和敬畏之心，而白石和徐廷柱则继承了他的这一风格（金玉成，2011）。此外，姜恩乔的诗，金东里、朴景利和韩胜源的小说，吴泰锡的戏剧也不同程度地表现了萨满教对民众精神生活的影响。金东里的《月》（1947）将萨满之子的命运与自然界中月亮的阴晴圆缺紧密联系起来，艺术地表现了韩国人归依自然的文化心理；《池塘》（1964）和《大咧咧》（1936）弥漫着萨满教万物有灵、人力无法介入、顺其自然的原始氛围。黄皙暎的《客人》（2001）将萨满教作为解决分断创伤的方法（金开英，2020），尹兴吉致力于从萨满教中抽离出韩民族固有的核心价值观，将其作为解决现代社会诸问题的方法，《梅雨》（1973）表现了通过唤起韩国人内在的萨满教世界观来解决意识形态对立引起的家族内部分裂等问题（裴京烈，2011）。

　　然而，随着韩国近现代小说思想性的不断发展，萨满教在韩国人精神中的重要性与它在韩国人实际生活中的低贱地位之间的落差，以及萨满教在实际生活中可能造成的危害也成为现代作家反映的问题之一。金东里发表了数篇表现萨满教文化弊端和萨满生存际遇的小说，其中以《巫女图》（1936）最具开创性和代表性。《巫女图》表现了以基督教为代表的西方文化对以萨满教为代表的韩国固有文化的冲击。金东里一方面对因基督教扩张而没落的萨满教赋予了"虽败犹荣"的悲壮美，另一方面也指出过度依附萨满教可能造成的人伦悲剧，警示了萨满教的弊端。"萨满教不把人自身存在的问题看成是自己的问题，在巫俗社会中一个人存在的精神层面上的矛盾被转嫁为鬼神的错误，痛苦、灾难、疾病都归罪于祖先神、杂鬼等的错误"（都香顺，2013）。《巫女图》中萨满试图用请神仪式杀死儿子身体里的恶鬼，却酿成杀子惨剧。萨满教在金东里小说中常作为一种失落的宗教而存在，萨满是注定被疏离的、悲剧的命运。《巫女图》《堂坡萨满》（1958）和《曼字铜镜》（1979）、《乙火》（1978）着重表现了萨满被疏离的悲惨的生存境况，提出一个十分尖锐的问题：韩国近现代文学对萨满教自然主义精神的讴歌与韩国社会普遍存在的对萨满教神职人员（萨满）的疏离和贬低之间的悖论。换言之，尽管萨满教被阐释为韩国人的精神内核，但在现实社会中却难登大雅之堂。

朝鲜半岛的地缘政治使其自古以来呈现出较强的文化融合性。中国的儒家伦理思想为农耕时期的韩国文学和文化提供了充分的营养，不仅为古小说所全面接受，而且被历史小说继承下来。近代以后生产方式的转变使得韩民族发展的内驱力也发生极大变化，文学思想不断丰富和多元化。韩国文学历经中国化时代、西方化时代，时至今日已经以走向世界为目标（尹允植，郑冬梅，2022）。韩国小说在多元文化融合的现代社会中汲取养分，挖掘民族精神文化遗产，将萨满教视为民众精神内核，并尝试将其作为解决现代社会诸多问题的方法。但萨满教在现实社会中难登大雅之堂的尴尬地位以及盲信萨满教可能带来的危害也在小说中表现出来，成为韩国现代社会和现代小说需要共同面对和思考的问题。

注释：

①《尚书大传》："（周）武王胜殷，继公子禄文，释箕子之囚。箕子不忍为周之释，走之朝鲜。武王闻之，因之朝鲜封之。"

②《史记》"宋微子世家"："武王乃封箕子于朝鲜而不臣也。"（原书中写作"宋微子"，本节依据中华书局2019年出版的《史记》陈曦、王珏、王晓东、周旻译本，更正为"宋微子"，详见〈宋微子世家第八〉第2196页、2204页。）

③《汉书》地理志："殷道衰，箕子去之朝鲜，教其民以礼义、田蚕织作。"

④《三国志》："昔箕子既适朝鲜，作八条之教以教之。无门户之闭而民不为盗。"

⑤金宽雄在《韩国古小说史稿·上卷》第13-14页引用韩国精神文化研究院编著的《韩国民族文化百科辞典》2卷第553页有关韩国古小说的概念界定，转引如下。

古小说指朝鲜王朝时期形成的小说。在当时，小说亦称稗说、古谈等，以国文（此处指韩文——笔者注）写成的小说被称为"谚稗""谚书古谈"等。韩国语的名称为"故事册"，与"古谈"意思相同。"新小说"出现后，为了与之相区别，把"古小说"称为"古代小说"。作为学术用语的古代小说、古小说、古典小说、李朝小说等也一起使用过很长时间，其中可以把"古小说"当作标准用语。

⑥韩国学者权宁珉提及韩国文学的分界问题时写道："以1945年光复为分界点，此前的文学按照一般惯例称为'近代文学'，此后的文学因强调当代的文学的意义，称为'现代文学'"。据此，本节将19世纪末至1945年的韩国小说界定为"韩国近代小说"，此后的小说界定为"韩国现代小说"。为方便论述以"韩国近现代小说"的方式并称。详见2020年民音社出版的权宁珉著《韩国现代文学史1》（第三版）第5页。

参考文献

陈来，2017. 古代思想文化的世界：春秋时代的宗教、伦理与社会思想［M］. 北京：北京大学出版社.

陈志武，2022. 文明的逻辑：人类与风险的博弈（上）［M］. 北京：中信出版社.

都香顺，2013. 韩国萨满教的诸要素研究［J］. 韩荣研究论文集5：7-24.

方东美，2019. 中国人生哲学［M］. 杭州：浙江人民出版社.

黄维樑，2010. 从《文心雕龙》理论视角析评韩剧《大长今》［J］. 中国比较文学（4）：116-127.

黄致福，2005. 东亚近代文学思想比较研究——以夏目漱石、鲁迅、金东里的反近代性为中心［D］. 首尔：高丽大学.

金炳佶，2009. 金东里历史小说与东方精神：以"新罗篇"系列的谈话分析为中心［J］.现代文学研究38：7-38.

金成礼.韩国巫教研究的历史考察［J］.韩国宗教研究，1999，1：1-39.

金东里，1940a.感伤主义、冷情和同情［J］.博文（12）：15-17.

金东里，1940b.新世代的精神［J］.文章，2（5）：80-96.

金东里，1985.思绪流似江河［M］.首尔：甲寅出版社：282-283.

金东里，1987.友情17章［M］.首尔：彻文出版社.

金东里，1991.春秋（上、下）［M］.首尔：太白.

金东里，1980.瞑想的池塘边上［M］.首尔：杏林出版社：290.

金东里，2002.巫女图：金东里短篇小说选［M］.韩梅，崔胤京，译.上海：上海译文出版社.

金东里，2010.金东里短篇选 等身佛［M］.首尔：文学与知性社：318.

金东里，2013a.同命运交往［M］.首尔：季刊文艺.

金东里，2013b.饭和爱和永远［M］.首尔：季刊文艺.

金恩京，2006.作为韩国战后重建伦理的"传统论"和女性［J］.亚细亚女性研究，45（2）：7-48.

金开英，2020.黄皙英《客人》中的萨满教［J］.梨花语文论辑52：77-100.

金宽雄，1998.韩国古小说史稿·上卷［M］.延吉：延边大学出版社.

金宽雄，金晶银，2011. 韩国古代汉文小说史略［M］. 北京：北京大学出版社.

金显龙，2000. 韩国文学与伦理意识［M］. 河南：博而精.

金英深，2003. 韩国古代社会女性的生活和儒教：以讨论女性伦理观为中心［J］. 韩国古代史研究30：39-82.

金玉成，2011. 金素月诗的萨满教生态想象力［J］. 文学与环境，10，（1）：39-58.

金贞淑，1996. 金东里的生活与文学［M］. 首尔：集文堂.

李粲，2011. 金东里文学的反近代主义［M］. 首尔：抒情诗学.

李东夏，1996. 金东里［M］. 首尔：建国大学出版部：80-81.

李甫永，1973. 莲花的秘义——金东里论［J］. 徐罗伐文学·东里文学研究，8：108-121.

李慧贞，2010. 女性力量强化的几种断想：主体、共同体、连带以及友情的伦理［J］. 韩国女性哲学14：1-15.

李炯基，1973. 金东里论［J］. 徐罗伐文学·东里文学研究，8：68-79.

李淑仁，1993. 女性伦理观形成的渊源研究：以《礼记》为中心［J］. 儒教思想文化研究5：289-324.

李廷德等，1998a. 从老人的体验看二十世纪五六十年代的家庭伦理［J］. 大韩家政学会志，36（11）：73-90.

李廷德等，1998b. 小说中的二十世纪五六十年代韩国家庭伦理研究［J］.韩国家族关系学会志，3（2）：25-41.

李廷德，朴许植，1999.韩国家庭伦理变迁史Ⅳ［J］.大韩家政学会志，37（7）：45-68.

柳东植，1985.韩国基督教（1885—1985）对其他宗教的理解［J］.延世论丛，21（1）：321-350.

聂珍钊，2006.伦理禁忌与俄狄浦斯的悲剧［J］.学习与探索（5）：113-116.

聂珍钊，2012.文学伦理学批评及其它——聂珍钊自选集［M］.武汉：华中师范大学出版社.

聂珍钊，2014.文学伦理学批评导论［M］.北京：北京大学出版社.

聂珍钊，2022.伦理选择概念的两种涵义辨析［J］.外国文学研究，44，（6）：15-25.

裴京烈，2011.尹兴吉《梅雨》中体现的萨满教［J］.韩国思想与文化59：155-177.

朴桂弘，1963.韩国历史小说史［M］.大田：语文研究会.

朴珍淑，2006.韩国近代文学的萨满教与“民族志”（ethnography）的形成［J］.韩国现代文学研究（19）：19-46.

齐豫生，夏于全，1999.中国古典文学宝库第84辑 七十二朝人物演义［M］.延吉：延边人民出版社.

钱焕琦，2008.教育伦理学［M］.南京：南京师范大学出版社.

全寅初，2009.东亚的融合（Fusion）与韩国文学的本体性

（Identity）［G］.朝鲜-韩国文学与东亚.延吉：延边大学出版社.

申东旭，1998.金东里小说中的悲剧性生活认识［G］.李在铣.金东里.首尔：西江大学出版部.

石印红，1987.临潼斗宝 石长岭传本［M］.沈阳：春风文艺出版社.

吴文昔，2013.韩国诗中的萨满教研究［J］.韩国诗学研究（38）：101-126.

许莲花，2007.金东里小说的现实参与性质［D］.首尔：首尔大学：138.

杨昭全，2004.中国—朝鲜·韩国文化交流史I［M］.北京：昆仑出版社.

佚名，1955.男子因父亲责备自缢身亡［N］.东亚日报，6-12（3）.

尹允镇，郑冬梅，2022.韩国文学的跨界变迁：脉络、特点及走向［J］.深圳大学学报（人文社会科学版），39，（5）：25-32.

余邵鱼，1998.周史演义（列国志传）［M］.长春：吉林人民出版社.

附录1　人的个性和生命的终极

（译自金东里发表于1940年的评论《新世代的精神》，有删改）

一、"新世代"的界定

朝鲜新文学的历史有三十年了，这本来也只有一"世代"（韩国语的"世代"指三十年——笔者注）在这三十年中，与今天这样所谓"新世代"相似的现象已发生四五次。这意味着文坛（或文学）本身已经不受严格意义上的世代性的制约了。所谓"世代"问题，是历史脉络的问题；所谓历史脉络，如果没有传统，正如我们新文学这样不怎么具备自身传统的，不具备严格意义上的世代概念。

但是，如果否认今天我们文坛的新气象——新人作家登场的同时，现役作家的变化——的话，就无法谈论文坛，此时，将这种新气象称为"新世代"也绝不是妄谈。这不仅在修辞、字义上是自然而适当的，从概念上深究的话，"新世代"也是最贴切的，因为这种新气象不是"新世纪"，也并非"新时代"。假使各位围绕"新世代"的谈论因"世代"一词的使用引起混乱，抑或有比"世代"更自然、更适当的用语，那么取而代之也未尝不可。

各方对于文坛新世代的谈论，大致可分为"当为说、未来说、无厘头说"。论据大约有两种：第一，新世代没有原；第二，新世代没有历史必然性。对于前者，我将在本论中做出解答，但后者所谓是否具有历史必然性的说法，我考虑这可能是没分析清楚"世代"一词的概念，或对"世代"谈论的对象产生了错乱。所谓世代，当然是历史性的概念。但是，不能因此就将其置于世界文化史的范畴考虑。不能从世界文化史的角度考察某个民族的世代现象是否有根据。世代，与时代精神和世纪的概念范畴不同，世代的问题本质上是以民族为单位的。

上文的"无原理说"未将文坛新气象看作一个独立的对象，它先认定过去倾向文学时代为一个世代，进而主张作为世界文化史的潮流，新世代的原理乃至精神没能扩散到全世界。从这个层面上说，新世代的"无原理""无性质"是当然的结论。未来十年，或许具备世界性的韩国文坛会迎来真正的新世代吧。

可见，如果固执在"世界性的"这个范畴上，会出现很多错误和混乱。正如上文所说，离开世界文化史的潮流探讨某个民族的文学或美术的世代问题是可行的，从世代概念的本质来看，这也是合理的、不背离原则的。欧洲各民族文化在时间上具有接续性，在空间上接壤，在精神文化交流上具有某种联邦性质，这种情况下，超越民族单位探讨文化的世代性当然是可以的。但是，韩国具有不同于欧洲的特性。

二、新世代的文学理念

今天的文坛新气象日后在朝鲜文学史上必然作为真正的新世代得到认可。这是因为它不是从外部进来的某种原理或主义，而是在倾向文学退潮后，朝鲜文坛生死存亡的绝壁上背水一战产生的。

一个世代的成熟理念，大多是孕育在自身、从自身萌发的精神。不仅仅是文学，宗教和哲学也是如此。外来的某种伟大的思想如果想进入其他民族，需要经历该民族固有的概念范畴，消化之后具有该民族特有的气味和形态，并发挥作用。但在总体上传统薄弱、环境条件不成熟时，外来的所谓思想或原理便成为信奉它的所有知识分子的理念偶像，这一事实我们在几乎所有民族的精神史上都能够看到。

万幸的是，以薄弱的传统为背景站起来的今天的新世代，不把此种外来的、一时的原理当成自己的。当然，如果他们不能形成足以体现自身性质的理念胚芽，那么这也是无意义的。但是，此点大概可以放心。

大约在我十岁左右，夏季我通常躺在院子里的凉席上，望着满天星辰流泪。十五六岁时，我纠缠在对死亡的恐怖当中，总是卧床不起。十八岁时，我在题为《世界文豪及其创作》的书上读到但丁、歌德、莎士比亚、尼采、泰戈尔等的文字，开始喜欢文学。那时，我的想法是，所谓文学就是人探索自己生命的终极意义的事业。这不一定是文学专属的动机，因为宗教也如此，哲学的形而上学亦然。但是，我最终走上文学之路而不是宗教和哲学，是因为文学把这种思想通过人生或者命运具体地、形象化地表达出来，这大体上与我的性格相符。

不过，也是在这个时候，我遍览朝鲜文坛作家的作品，我没有看到但丁、歌德、尼采作品里表现的、我所追求的那种人的个性和生命的终极。我很不满。我想，日后我写作品的话，一定要表现人的个性和生命的终极意义。

昭和十一年（1936年——笔者注），李箱先生的《翅膀》、许俊先生的《浊流》、崔明翊先生的《雨路》，连同我的《石》《巫女图》《山祭》先后发表。我很惊讶。金先生（李箱）、许先生、崔先生的作品不正表现了我平素追求的那种个性和生命的终极吗？我很满足。

追求个性和生命的终极！这曾是文坛"新世代"（此指李箱等人——笔者注）的文学精神。用文学史体系的用词来表达这个意思的话，正如某报纸上所说"在拥护和探求人性方面创造"。

言及近代文学精神，大抵会说是"探求人性"。所谓探求人性的精神，不必多言，是文艺复兴精神的发展。文艺复兴精神的精髓即世称的"拥护人性"，也就是说，把人从被称作"神"的专制偶像的隶属中解放出来，恢复人的个性和生命，拥护并发扬它。因此，当我们说近代文学精神是"探求人性"时，意味着探求人的个性和生命的终极。这是自近代文学最大骁将歌德的杰作《浮士德》以来，易卜生、托尔斯泰、陀思妥耶夫斯基、屠格涅夫、斯特林堡、巴尔扎克、莫泊桑、左拉、波德莱尔等所有伟大作家和诗人的所有优秀作品的基本精神。需要注意的是，"人性"是与"神性"相对的概念，不能片面地将"人性"误解为左拉、莫泊桑的部分作品中表现的人的动物性，否则可能将拥护和探求人性误解为探求人的动物性。这不是否认左拉、莫泊桑表现的人的动物性是人性的一面，但终归与探究人的个性和生命的终极相比，它是细枝末叶。所谓追求人的个性和生命的终极意义，是从精神层面出发，诸如托尔斯泰、陀思妥耶夫斯基、屠格涅夫、波德莱尔等所示的人与人之间的爱，抑或虚无主义、神秘的世界等。

但是，以追求个性和生命的终极为基本的探求人性的精神，十九世纪末、二十世纪初被风靡世界的物质主义精神席卷。这对于自来传统薄弱、文化上又没有经历文艺复兴精神洗礼的朝鲜文坛来说，"物质"就化为一个新的"理念偶像"，发挥着中世纪"神"一般的功能，文学中追求人的个性和生命的终极就被封锁起来了（这一点诸位检视当时朝鲜文坛的作品便可知晓）。

朝鲜新文学的根本理念源自欧洲近代文学精神，欧洲近代文学精神主要是宣传人的个性和生命，追求它们的终极意义。在倾向文学退潮以后，文坛新气象高扬人的个性和生命解放的旗帜，追求其终极意义，这也不是难理解的事情。

因此，如果说从前的韩国作家将外来思想或主义学过来，直接把它当作自己作品的内容，那么新世代作家从作品的"内容"这个概念开始就与他们不同。对新世代作家来说，意识形态已经不是内容，他们的个性和生命中创造出来的"人生"才是。一个"人生"——它发轫于个性和生命，在个性和生活、命运、欲求的有机体中，不断呼吸、成长。新世代广泛理解了世上所有思想、所有主义，把它们有机地融合在自己的"人生"当中，使其成为一个细胞。

简言之，在我们这样的文学传统和环境中，外来的意识形态不应该成为作品的内容，因为这会导致将自身的人性封锁起来，让人性隶属了意识形态。作家应该广泛地理解这种意识形态，将其提高到个性和生命的高层次上，通过个性和生命中创造的"人生"，多也好、少也罢、粗也可、细也行，反正要将思想啊、主义啊再创造（归纳）出来。捕捉"人生"，只能在追求各自的个性和生命的终极中成就。这种追求人的个性和生命终极意义的精神从本质上是哲学的、宗教的、神秘的命题，所以他们的作品当然具有哲学的、伦理的、神秘的、灵魂的性质。

诚然，新世代作家不全是天才，他们的个性和生命也不能都伟大。这是文学精神的相异和志向的差别问题。

就作品的内容来说，新时代作家是在个性和生命的终极意义的探求中创造某种"人生"——即便具有政治、社会意义在内的什么主义或思想，也应该有机地融合在"人生"中，成为其中的一个细胞。今天的新气象就是探求并获得作品的真正内容。

正如许俊先生说的那样："我的经历还不足以拿来做文章，但是我想这可能是人性的个体差异和命运的差别。对于人来说，到了一定的年龄就会有生平第一次的特殊经历。我，有别人没有的，也有别人不知道的，还有别人不以为然却给我带来痛苦和喜悦的，我不能失去它，也不得不让它充满生机。我们的意识会到达这个境地——这就是让释迦牟尼出家的'四门苦'，也是支配了基督前半生的原罪的内在体验，像这样，我们也会有我们的某种命运，某种纪念碑似的经历。"

确实如此。如果没有这些，我们就不会写诗和小说，也写不出来。我们写诗和小说不单为了这个世界或者为了我们自身，因为某种我们"不能失去它，也不得不让它充满生机"的东西，我们才写诗和小说。

歌德、托尔斯泰、陀思妥耶夫斯基让我们的生命燃起火花也是因为这个，我们不得不爱尼采、斯特林堡、波德莱尔、屠格涅夫也是这个原因。

在读到许先生上边那段文字之前的三四年，我从徐廷柱君（韩国现代著名诗人——笔者注）那里也听到过类似的言语。那时，我们要么待在喧嚣的酒馆一隅，要么醉酒后彷徨在古城墙的残垣断壁。

三、追求人的个性和生命的小说

我在前文说新世代的文学精神是追求人的个性和生命的终极，下面通过几部作品稍作阐释。

新进作家中，在技巧和作家态度上最值得信任的要数崔明翊。崔先生最初的力作是《雨路》（昭和十一年四月至五月，《朝光志》），年末金焕泰先生首次肯定了它的价值，赞扬了他的作家精神。《雨路》虽在结构技巧方面不及他近期发表的《心纹》，可是，在表现人生（内容）的纯粹性和朴素、清新方面比后者高出许多。丙一（《雨路》）、丁一（《无性格者》）、文一（《逆说》）、玄一（《肺鱼人》）、明一（《心纹》）等人物无疑是作者写作当时探求个性和生命的终极课题或者表现其中的一面的成果，甚至是作者的分身。但是，从丙一到丁一、从丁一到文一，或者说从丙一直到明一，却完全没有系统的人生变化或岁月相隔之感。反而似乎将同一主体（也是作者的生命和个性）在大致同一时期，置于各自不同的环境之中。从丙一到明一这五人的差异不是在年龄和性格上，而体现在命运的差别上。

崔先生的人生（内容）从丙一开始无论是对内（自我），还是对外（世间）几乎是从定势出发的，在此之上赋予各种环境和命运。在这种严酷的自我锤炼中，作家的中庸意志一以贯之。先生的作品令人感到一种玲珑的调和感，光与黑暗、生与死、常识与神秘、北欧的人性与东方的自然（植物）等，都是源于他中庸意志的调和感。我最初阅读《雨路》时暗忖"丙一的人生会得到救赎"。现在，我读到丁一、文一、玄一、明一，我想先生的分身在中庸意志下将一一得到救赎。

如果有人说崔先生的丁一和玄一、郑人泽先生小说中的"我"、我的宰浩（《余剩说》）、姜政佑们（《昏衢》）对这个时代的现实并无积极的意志和信念，那么我想说这只说对了一面。作家对于一个时代和现实的真正意志和信念，如果不是发自对人生的体验，那是不行的。并且，对于人生的积极意志也好、信念也罢，如果不是在各位作家的生命和个性的终极中成就的，而是外来理念和潮流的结果，那也是不行的。如果我们通通考察一遍文学史上的古今杰作是否对当时的现实表现出积极的意志和信念，那么，我们将无法把握这些杰作的秘密。我们可以看一看他们的人生（或艺术）是不是积极的？这种积极或者消极与当时的现实有怎样的关联。这其实也不是我的创见，诸家对于我们津津乐道的陀思妥耶夫斯基的评论，梅列日科夫斯基、舍斯托夫等人的文章都表达了这个意思。因此，对我来说，崔先生、许俊先生、郑人泽先生以及我的作品中的人物是否对于时代现实表示出积极的意志或信念这件事并不重要。重要的是，他们的人生（即生命和个性）究竟朝向救赎？还是灭亡？他们以怎样的姿态面对命运的分裂？我想看的是这些。

相较于崔明翊先生，许俊先生在个性和生命的终极中的创造，本质上是混浊和黯淡的，这更接近于他的性格。许先生的性格和命运中没有崔先生的中庸意志。这一方面是许先生的不幸，同时又是他的骄傲。先生那形而上的伦理负担比任何人都要沉重。他既不像西方虚无主义者那样动辄倾向于颓废派或及时行乐主义，也不像东方的虚无客那样轻易地与自然和解。

再说郑人泽先生。从《骷髅》《蠢动》《迷路》《动摇》到《凡家族》，郑先生在作品中一贯明了地表现着自己的个性和生命的终极意义，寻求救赎之道。但是，他不像崔明翊先生那样具有坚韧的中庸意志，也无许俊先生那样赌上整个生命的格斗精神。正如评论家金南天先生所指出的："知识分子的无力、疲劳、虚无、动摇，一贯地表现出来"。郑先生的作品表现出从困乏的知性中摆脱出来的努力。
"困乏的知性"对他来说是生命和个性的终极深渊。因此，试图从困
乏的知性中摆脱出来就是在生命和个性的终极深渊中追求终极意义，
谋求救赎。郑先生与崔先生相似，对于人生的变化都没有表现出与岁
月流转相应的发展。即，命运的展开和并不能引起主体（人生）思想
的变化。如果总结先生作品表现的人生的性质，那就是非常善良、纯
洁而又带有感伤。但是，这与李箱先生或许俊先生那样赌上全部生命
和命运的挣扎或格斗不同。或许是因为先生都市人特有的感情调节，
抑或是他性格上轻视自身生命的终极意义，正如先生所说："我一条
生命永远不醒又有什么可悲伤、埋怨的呢？"或许兼而有之。

在作品中表现尊重和追求个性和生命的意义的作家还有桂镕默先
生。先生的性格是尊重个性、信赖主观的。先生重视和尊重个性和生
命的倾向，本质上通向浪漫主义，先生的《白痴阿大大》比起前面三
位作家追求个性和生命的终极意义而言，更具神秘色彩。其神秘性从
一开始就十分具有魅惑力，又具有纯粹的信赖感。其后的《青春图》
《流莺记》与《白痴阿大大》一样，表现出新进作家共通的特征：追
求个性和生命的终极精神。

就我的作品而言，《巫女图》《山祭》《石》《黄土记》《率
居》《余剩说》《玩味说》《昏衢》《洞口前路》等都在表现追求人
的个性和生命的终极。

那么，追求人的个性和生命的终极精神与社会、时代的意义之
间具有怎样的关联呢？首先，作品的内容应该是人生，而不是某种原

理和思想。不能因为某种原理和主义流行，就把它当作所有作家的作品内容（思想）。黑格尔的原理和马克思主义不是不能成为作品的内容，而是这些原理和思想应该与作家的个性、生命、命运、生活、欲求等融合起来，创造出"人生"。想成为作家的人，从一开始就应该具有自己生命和个性中萌发的某种"嫩芽"。这种"芽"在时代和社会的环境中追求自己由来的根源和终极意义，并不断成长。只有这样，当他写诗或小说时，"芽"才能成为诗或小说的内容。我不把这个内容称作思想或原理，我称其为"人生"。因为它是所有原理、主义和思想的汇集、融合，它成为人生的血、肉和骨架。作家如果想对时代和社会有意义，必须通过"人生"来表达。作家如果想具有思想和主义，也必须通过"人生"来创造。

附录2　金东里主要研究资料

中文文献

学位论文：

［1］权春燕. 金东里小说之民俗信仰与死亡的关联［D］. 延吉：延边大学，2011.

［2］林惠京. 金东里小说的救世意义研究［D］. 延吉：延边大学，2012.

［3］王秀坤. 关于金东里小说命运论世界观的研究——以作品《巫女图》为中心［D］. 青岛：青岛大学，2014.

［4］马化. 沈从文与金东里小说比较研究——以乡土意识为中心［D］. 烟台：烟台大学，2016.

［5］孙雪婷. 金东里与沈从文乡土小说中萨满教意识的比较研究——以短篇小说为中心［D］. 重庆：四川外国语大学，2016.

［6］朴媛玲. 从《巫女图》看金东里的文化抉择［D］. 长春：吉林大

学，2018.

［7］刘畅.金东里和沈从文小说中流浪意识对比研究［D］.大连：大连外国语大学，2019.

期刊论文：

［8］琳.朝鲜批判金东里的纯粹文学理论［J］.国外社会科学，1982（8）.

［9］沈默.南朝鲜选出10大代表作家［J］.国外社会科学，1990（11）.

［10］金柄珉.略论韩国现代文学及其研究［J］.延边大学学报（哲学社会科学版），1998（2）.

［11］金明淑.李箕永阶级文学与金东里生命文学的文化内涵探析［J］.当代韩国，2004（1）.

［12］金明淑.金东里文学人性思想探微［J］.延边大学学报（社会科学版），2004，37（2）.

［13］杨旭.奇妙而美丽的"彩虹"——韩国作家金东里小说一窥［J］.内蒙古电大学刊，2004（1）.

［14］季琨.韩国解放后文坛的分化［J］.解放军外国语学院学报，2009，32（4）.

［15］彭亚坤.浅析金东里写神小说［J］.辽东学院学报（社会科学版），2011，13（6）.

［16］李丽丹.金东里《乙火》的文化观与文学观［J］.贵州社会科

学，2013（8）.

［17］刘玉.论金东里《巫女图》中的东方文化观［J］.齐齐哈尔大学

学报（哲学社会科学版），2016（5）.

［18］王宗喆.论金东里《等身佛》中的人性与神性［J］.文学教育

（上），2016（12）.

［19］李彦红.从生态的视角看《媚金、豹子与那羊》和《驿马》中

定情空间的命运隐喻［J］.视听，2019（12）.

［20］孙麟淑.金东里历史小说与花郎道［J］.韩国语教学与研究，

2020（1）.

［21］周云楠.金东里小说的命运叙事和人性洞察［J］.绥化学院学

报，2020，40（5）.

［22］金鹤哲，杨丽晶.20世纪五六十年代韩国作家的中国认识［J］.

东疆学刊，2021，38（1）.

［23］林雨馨.鲁迅和金东里小说的"疾病"意识研究——以鲁迅

《祝福》和金东里《石》为例［J］.名作欣赏，2021（2）.

［24］李亚方.浅论《巫女图》中毛火形象的文学承载［J］.文化学

刊，2022（1）.

［25］李彦红.跨文化视域下"那羊"与"驿马"的生态隐喻研究

［J］.滨州学院学报，2022，38（5）.

韩文文献

著作：

［26］李光丰.现代小说的原型研究［M］.首尔：集文堂，1985.

［27］李东夏.现代小说的精神史研究［M］.一志社，1989.

［28］韩承玉.韩国现代小说与思想［M］.首尔：集文堂，1995.

［29］金允植.金东里及其时代［M］.首尔：民音社，1995.

［30］李东夏.金东里［M］.首尔：建国大学出版部，1996.

［31］金允植.解放空间文坛的内面风景：金东里及其时代2［M］.首尔：民音社，1996.

［32］金贞淑.金东里的生活与文学［M］.首尔：集文堂，1996.

［33］金允植.与萨班的对话：金东里及其时代3［M］.首尔：民音社，1997.

［34］金允植.未堂的语法与金东里的文法［M］.首尔：首尔大学出版部，2002.

［35］方旻华.金东里小说研究［M］.首尔：宝库社，2005.

［36］崔圭翊.文明史视角下的韩国近·现代文学的意义：以金东里小说为中心［M］.首尔：达达艺术，2007.

［37］金允植.解放空间韩国作家的民族文学写作论［M］.首尔：首尔大学出版部，2007.

［38］赵南玄.韩国现代文学思想的发现［M］.首尔：新丘文化社，

2008.

［39］方旻华. 现代小说与宗教想象力［M］. 首尔：学古方，2010.

［40］李粲. 金东里文学的反近代主义［M］. 首尔：抒情诗学，2011.

［41］金炳佶. 正典的嫉妒：金东里小说文学外史［M］. 首尔：昭明出版，2016.

学位论文：

［42］金永镇. 解放时期的文学批评研究［D］. 全州：全州又石大学，1993. 12.

［43］朴赞斗. 金东里小说的时间意识研究［D］. 首尔：东国大学，1994.

［44］赵会京. 金东里小说研究［D］. 首尔：淑明女子大学，1996. 12.

［45］崔泽均. 金东里小说研究：以超越性和现实性为中心［D］. 首尔：成均馆大学，1998. 12.

［46］崔诚实. 20世纪50年代韩国小说批评研究［D］. 首尔：西江大学，2000.

［47］李镇宇. 金东里小说研究：以死亡认知和救赎为中心［D］. 首尔：成均馆大学，2000. 10.

［48］金泽中. 金东里小说的文学地形学研究［D］. 大田：大田大学，2000. 2.

［49］郭京淑. 韩国现代小说的生态学研究：以金东里、黄顺元小说

为中心［D］.光州：全南大学，2001.2.

［50］徐在媛.金东里、黄顺元小说的浪漫特征比较研究［D］.首尔：高丽大学，2001.12.

［51］洪基敦.金东里研究［D］.首尔：中央大学，2003.12.

［52］黄至福.东亚近代文学思想的比较研究：以夏目漱石、鲁迅、金东里的反近代性为中心［D］.首尔：高丽大学，2005.6.

［53］金洙玄.20世纪60年代小说的传统认识研究［D］.首尔：中央大学，2006.12.

［54］许莲花.金东里小说的现实参与性研究［D］.首尔：首尔大学，2007.8.

［55］崔恩京.韩国现代抒情小说研究：以李孝石，李泰俊，金东里为中心［D］.首尔：高丽大学，2010.12.

［56］李美静.20世纪50年代"纯粹文学"的制度化过程研究［D］.首尔：西江大学，2010.

［57］申贞淑.金东里小说的文学想象力研究［D］.首尔：延世大学，2011.12.

［58］洪洙英.金东里文学研究：以纯粹文学的政治性与母性的变化为中心［D］.首尔：首尔大学，2014.2.

［59］郑哈妮.日据末期小说中的"青年"象征研究［D］.首尔：首尔大学，2014.2.

［60］李珉英.1945年—1953年韩国小说与民族谈论的去殖民性研究［D］.首尔：首尔大学，2015.8.

［61］申正恩. 解放期杂志的文艺评论研究［D］. 首尔：弘益大学，
2016. 8.

［62］银美淑. 金东里小说研究：以叙事主角的"自我认同性"探究
为中心［D］. 水原：亚洲大学，2017. 2.

全桂成. 金东里小说的与神性研究［D］. 大邱：庆北大学，2021. 12.

论文集析出论文：

［64］李宝英. 神话性小说的反省［A］. 李在铣. 金东里［C］. 首尔：
西江大学出版部，1998.

［65］李泰东. 纯粹文学的真谛与人本主义［A］. 李在铣. 金东里
［C］. 首尔：西江大学出版部，1998.

［66］李在铣. 有关金东里文学的评价［A］. 李在铣. 金东里［C］. 首
尔：西江大学出版部，1998.

［67］李在铣. 从《巫女图》到《乙火》［A］. 李在铣. 金东里［C］.
首尔：西江大学出版部，1998.

［68］金允植. 以终极人生的形式写作［A］. 李在铣. 金东里［C］. 首
尔：江大学出版部，1998.

［69］金至寿. 消亡的美学［A］. 李在铣. 金东里［C］. 首尔：西江大
学出版部，1998.

千二斗. 虚构与现实［A］. 李在铣. 金东里［C］. 首尔：西江大学出版
部，1998.

期刊论文：

［71］邱昌焕.金东里的文学世界［J］.语文学论丛，1966，7.

［72］金京任.韩国的观念小说考：以金东里、张龙鹤先生为中心
［J］.韩国语文学研究，1970，10.

［73］郑汉淑.显微镜与放大镜：金东里短篇小说考察［J］.高丽大学
论文集，1970，16.

［74］金英淑.金东里文学与虚无主义：以20世纪30年代作品为中心
［J］.文湖，1971，6（1）.

［75］白铁.1935年的文坛状况与金东里文论的意义［J］.徐罗伐文
学·东里文学研究，1973，8.

［76］高银.金东里小说序说［J］.徐罗伐文学·东里文学研究，
1973，8.

［77］金炳旭.永远回归的文学［J］.徐罗伐文学·东里文学研究，
1973，8.

［78］金炳翊.对自然的亲和与归依［J］.徐罗伐文学·东里文学研
究，1973，8.

［79］金永泽.纯粹文学研究：以金东里为中心［J］.先清语文，
1973，4（1）.

［80］金允植.谈金东里的评论：批评史意义［J］.徐罗伐文学·东里
文学研究，1973，8.

［81］李宝英.莲花的秘义［J］.徐罗伐文学·东里文学研究，1973，
8.

［82］李炯基. 金东里论［J］. 徐罗伐文学·东里文学研究，1973，8.

［83］李哲均. 矛盾的自我同一性：金东里诗的方法论及其形而上学
　　　［J］. 徐罗伐文学·东里文学研究，1973，8.

［84］廉武雄. 金东里文学的现实感［J］. 徐罗伐文学·东里文学研
　　　究，1973，8.

［85］郭圣淑. 金东里作品中的色彩语言分析：以短篇为中心［J］. 语
　　　文论丛，1975，1.

［86］金明珠. 金东里《石老人》考［J］. 睡莲语文论集，1975，3.

［87］金允植. 改作与原作的距离：以金东里《石》为例［J］. 读书生
　　　活，1976，1.

［88］李圭浩. 战争、实存与逻辑：金东里的《实存舞》［J］. 韩国文
　　　学，1976，6.

［89］杨爱京. 韩国现代文学与民俗背景［J］. 宝云，1976（6）.

［90］金今淑. 金东里小说研究：以思想性为中心［J］. 睡莲语文论
　　　集，1977，5.

［91］金熙宝. 金东里《萨班的十字架》与救赎问题：与卡夫卡的
　　　《城》比较［J］. 基督教思想，1978，22（9）.

［92］李在铣. 精神史层面的救赎问题［J］. 文学思想，1978，5.

［93］崔来玉. 金东里小说的死亡和救赎问题：以《巫女图》《等身
　　　佛》《萨班的十字架》为中心［J］. 崇实大学论文集，1979，9
　　　（1）.

［94］金永成. 十字架的意义：金东里《萨班的十字架》［J］. 国语

文学，1979，20.

［95］徐妍子. 金东里小说中的萨满教［J］. 语文学报，1979，4（1）.

［96］李光丰. 金东里《驿马》研究［J］. 国语国文学，1980（83）.

［97］金贞淑. 金东里小说中的民俗问题［J］. 语文论集，1981，15.

［98］申东旭. 金东里小说中的悲剧人生：以《巫女图》改作为中心［J］. 东方学志，1981，28.

［99］权顺烈. 金东里《乙火》考［J］. 人文科学研究，1982，4.

［100］郑武勇. 金东里小说的巫俗素研究：以《巫女图》《乙火》为中心［J］. 国语国文学，1982，4.

［101］黄松文. 再读战后问题作：金东里的《密茶苑时代》［J］. 北韩，1983（140）.

［102］李东熙. 金东里《曼字铜镜》考［J］. 语文学，1983（43）.

［103］李东夏. 金东里小说考：以解放空间作品为对象［J］. 冠岳语文研究，1984，9（1）.

［104］朴承泰. 金东里小说《巫女图》的巫俗性研究［J］. 又石语文，1986，3.

［105］罗美淑. 金东里小说中死亡的意义：以《月》和《池塘》为中心［J］. 睡莲语文论集，1987，14.

［106］赵乐玄. 金东里《乙火》考［J］. 关大论文集，1987，15（1）.

［107］金奉爱. 金东里小说中的民俗信仰研究：以《巫女图》《石》

《喜鹊的叫声》为中心 [J].睡莲语文论集，1988，15.

[108] 金佑昔.金东里初期小说研究 [J].杏堂论集，1988，3.

[109] 李洙亨.解放后小说中的民族现实认识 [J].国语教育研究，1988，20（1）.

[110] 林今福.金东里《月》的原型意义 [J].敦岩语文学，1988，1.

[111] 朴永顺.金东里《解放》研究 [J].国语国文学，1988（99）.

[112] 秋英玄.金东里小说中的死亡的意义 [J].赛尔语文论集，1988，4.

[113] 张贤淑.金东里小说的民族意识与虚无意识：以初期小说为中心 [J].高凰论集，1988，3.

[114] 赵乐玄.金东里《月》中的人类观 [J].关大论文集，1988，16（1）.

[115] 郭京淑.金东里短篇小说的一般意义论研究：以作者的意识结构和语言表现类型为中心 [J].国语教育，1989（65）.

[116] 洪景杓.民间传承"母题"的接受：金东里小说中的传统意识 [J].韩国传统文化研究，1989，5.

[117] 金贞淑.金东里小说中"血"的意义 [J].语文论集，1989，21.

[118] 宋夏燮.金东里小说抒情性研究 [J].国文学论集，1989，13.

[119] 高正尚.金东里《黄土记》论 [J].白鹿语文，1990，7.

[120] 李尚久.金东里小说叙事结构研究 [J].青蓝语文教育，

1991, 6（1）.

［121］徐在媛. 金东里小说叙事结构研究：以解放期为中心［J］. 青蓝语文教育，1991，6（1）.

［122］郑虎雄. 50年代小说论［J］. 文学史与批评，1991，1.

［123］简福均. 金东里研究：以《驿马》为中心［J］. 我们的文学研究，1992，9.

［124］具模龙. 人生的形式与抒情小说论：关于金东里文学有机论的考察［J］. 韩国文学论丛，1992，13.

［125］江镇浩. 去"理念"化与《无》的现实意义：日据期金东里小说考［J］. 语文论集，1992，31（1）.

［126］金成烈. 光复后小说的几种特性：以提高小说文学的近代性为目的的反思性考察［J］. 民族文化研究，1992，25.

［127］金允植. 对精神主义的批判：素月诗与金东里文学［J］. 季刊抒情诗学，1992，2.

［128］孙奉洙. 金东里《萨班的十字架》小考：以结构和思想为中心［J］. 青蓝语文教育，1992，7（1）.

［129］陈贞昔. 日据末期金东里文学的浪漫主义性质研究［J］. 外国文学，1993，35.

［130］黄松文. 金东里文学的虚无意识：以《驿马》和《喜鹊的叫声》为中心［J］. 比较文化论丛，1993，4.

［131］金永在. 幻想世界与现实世界间的距离调整：金东里论［J］. 现代文学理论研究，1993，2.

［132］孙奉洙. 金东里《萨班的十字架》分析研究［J］. 青语文教育，1993，8（1）.

［133］杨善圭. 韩国近代小说的保守主义美学研究：对金东里、黄顺元小说的分析心理学［J］. 人文学志，1993，10（1）.

［134］金钟翊. 金东里的"终极追求"考察：以金东里的评论文章《金东仁论》《李孝石论》《金素月论》《谈青鹿派》为中心［J］. 东国语文学，1994，6.

［135］李洪淑. 现代小说的原型：《儿童将军传说》与金东里《黄土记》的比较［J］. 檀山学志，1994，1.

［136］柳杨善. 世代—纯粹论争与金东里的批评［J］. 震檀学报，1994（78）.

［137］洪昌寿. 金东里巫系小说研究［J］. 语文论集，1995，34（1）.

［138］金炳勇. 金东里文论形成过程考察［J］. 现代文学理论研究，1995，5.

［139］金奉俊. 巫俗冲动与灵人语言的破坏［J］. 先清语文，1995，23（1）.

［140］金钟翊. 纯粹文学探索的一个特性：透过论争看金东里的纯粹文学［J］. 东国语文学，1995，7.

［141］李昌珉. 金东里小说的创作方法［J］. 韩国学研究，1995，7.

［142］李东吉. 金东里《乙火》考［J］. 韩民族语文学，1995，28.

［143］柳杨善. 解放期纯粹文学论批评：以金东里批评活动为中心

［J］．实践文学，1995，38．

［144］卢铁．反近代主义与神明的社会意义：以金东里短篇小说为中心［J］．语文论集，1995，34，（1）．

［145］朴钟宏．金东里小说研究：以解放期作品为对象［J］．国语国文学，1995（115）．

［146］邱仁焕．现实变革的两种荣光：金东里的《萨班的十字架》［J］．教授学院丛书，1995，8（1）．

［147］申中信．谋求救赎的神—人之路：金东里的《萨班的十字架》［J］．地方行政，1995，44（505）．

［148］杨闰模．观察与参与的美学：金东里小说叙述模式与意义结构［J］．语文论集，1995，34（1）．

［149］于翰勇．金东里《乙火》的叙事特性研究［J］．现代小说研究，1995（3）．

［150］韩明焕．金东里小说的"死亡"意识研究：以《黄土记》《石》《冥鸟》《喜鹊的叫声》为中心［J］．顺天乡人文科学论丛，1996，2．

［151］金慧英．金东里初期小说研究［J］．现代小说研究，1996（5）．

［152］金一舟．贫穷与混乱的都市文化：以金东里、桂镕默、廉想涉、蔡万植小说为中心［J］．国土，1996，178．

［153］金允植．金东里《文学与人》思想史背景研究［J］．韩国学报，1996，22（4）．

［154］朴钟宏.解放期金东里文学批评研究［J］.语文学，1996
　　　（58）.

［155］徐在媛.黄顺元与金东里小说比较研究：以民间故事型小说为
　　　中心［J］.韩国语文教育，1996，8.

［156］尹正宪.金东里战后小说考［J］.比较韩国学，1996，2.

［157］郑慧英.金东里研究（1）：人生的根据，文学的根据［J］.文
　　　学与融合，1996，17.

［158］崔善姬.金东里小说的家族意识：以《乙火》为中心［J］.韩
　　　国传统文化研究，1997，12.

［159］韩明焕.金东里初期小说再考察：以《巫女图》和《黄土记》
　　　的故事性为中心［J］.我们的语文研究，1997，11（1）.

［160］黄衷日.解放期金东里的文学论研究［J］.青蓝语文教育，
　　　1997，18.

［161］金永泽.金东里6.25体验小说中的现实意识［J］.牧园大学论
　　　文集，1997，31.

［162］李尚宇.金东里的小说世界：三角关系与单恋［J］.国际语
　　　文，1997，18.

［163］李英姬.金东里小说研究：以巫俗性为中心［J］.敦岩语文
　　　学，1997，9.

［164］李永中.金东里《巫女图》的语言学分析［J］.兜率语文，
　　　1997，13.

［165］申德龙.《巫女图》的萨满教接受情况及其结构：金东里论

［J］.光州大学论文集，1997，6.

［166］宋基燮.作家意图与虚构世界的和解：金东里论［J］.国语国文学，1997（120）.

［167］金洙玄.金东里小说研究：以《黄土记》《喜鹊的叫声》为中心［J］.庆州大学论文集，1998，10.

［168］李英姬.金东里小说研究：以作品中的佛教世界观为中心［J］.敦岩语文学，1998，10.

［169］李泽花.金东里小说的塔纳托斯形象研究［J］.开新语文研究，1998，15.

［170］马熙贞.20世纪50年代"金东里对李御宁的文学论争"［J］.开新语文研究，1998，15.

［171］朴淑子."近代"的性别化视角：以金东里《巫女图》为对象［J］.西江语文，1998，14.

［172］郭京淑.金东里小说中的生态学想象力：以《望远山》和《池塘》为中心［J］.韩国文学理论与批评，1999，4.

［173］金允植.谈批评独立的依据：韩国文学史与批评的关联［J］.韩国学报，1999，25（2）.

［174］金哲.金东里与法西斯主义的对决：以《黄土记》为中心［J］.现代文学的研究，1999（12）.

［175］金钟均.金东里初期小说的现实对应研究［J］.韩国思想与文化，1999，4.

［176］金钟均.金东里《巫女图》与巫觋思想的文学形象化研究

［J］.韩国思想与文化，1999，5.

［177］李振兴.地上的欲求与天上的应答：金东里《萨班的十字架》研究［J］.大邱产业信息大学论文集，1999，13（1）.

［178］林今福.金东里小说的再生意识研究［J］.敦岩语文学，1999（12）.

［179］刘基龙.金东里文学作品中的原型象征研究［J］.语文论丛，1999，33（1）.

［180］朴宥姬.金东里小说中的儿童将军民间故事的变容与意义：以《黄土记》和《萨班的十字架》为中心［J］.现代小说研究，1999（10）.

［181］权一京.金东里的文学观、世界观考察：以初期评论为中心［J］.现代文学理论研究，1999，11.

［182］宋贤浩.韩中近代小说中的风俗研究：以鲁迅和金东里小说为中心［J］.国际学术大会论文集，1999（4）.

［183］赵乐玄.金东里《曼字铜镜》中终极与归依的文学［J］.韩国文艺批评研究，1999，5.

［184］方旻华.金东里《等身佛》研究［J］.崇实语文，2000，16.

［185］金钟均.金东里初期小说与民间信仰的文学形象化研究［J］.韩国思想与文化，2000，7.

［186］李慧子.米歇尔·图尼埃与金东里文学中神话人物的超自然心火［J］.比较文学，2000，25.

［187］李江彦.金东里土俗小说的结构美学［J］.国家言语，2000，

15.

［188］李今兰. 金东里《黄土记》研究［J］. 崇实语文，2000，16.

［189］朴宥姬. 20世纪50年代长篇小说中的英雄形象研究：张龙鹤
《圆形的传说》和金东里《萨班的十字架》为中心［J］. 现
代小说研究，2000（13）.

［190］张素珍. 梦和现实的乖离、一致的悖论，探索经纬：以金东里
《喜鹊的叫声》为对象［J］. 韩国文学理论与批评，2000，8.

［191］郑东焕. 文学作品意义分析：以金东里《驿马》为中心［J］.
韩语研究，2000（6）.

［192］崔乐园. 东西方萨满与魔女的比较研究：以塞万提斯《狗的
对话录》和金东里《巫女图》为中心［J］. 世界文学比较研
究，2001，5.

［193］洪景杓. 金东里短篇小说的空间性［J］. 乡土文学研究，
2001，4.

［194］洪景杓. 金东里小说的谈论形式研究：以故事"母题"的短篇
小说为中心［J］. 语文学，2001（72）.

［195］金钟均. 金东里文学思想研究［J］. 韩国思想与文化，2001，
13.

［196］李珉静. 金东里短篇小说《喜鹊的叫声》《等身佛》的叙述者
研究［J］. 韩南语文学，2001，25.

［197］李尚宇，金正旭. 金东里小说研究：《驿马》《石》中的空间
为中心［J］. 教育研究，2001，9.

［198］李贤植.现实面前的顽固主义者的文学肖像：金东里的文学
　　　　［J］.实践文学，2001，62.

［199］李振雨.金东里小说的小说史地位［J］.人文科学论文集，
　　　　2001，31.

［200］朴钟宏.解放期金东里小说的三种类型［J］.乡土文学研究，
　　　　2001，4.

［201］张永友.金东里小说与佛教［J］.佛教语文论集，2001，6.

［202］张允翊.命运·人生的空间与庆州：以《巫女图》和《仙桃山》
　　　　为中心［J］.区域开发论丛，2001（4）.

［203］郑熙模.反近代与文学的自律性：金东里的文学有机体论
　　　　［J］.现代文学研究，2001（16）.

［204］韩明焕.韩国现代小说的幻想性特征：以对经典的戏仿为中心
　　　　［J］.韩中人文学研究，2002，9.

［205］金恩京.20世纪30年代—解放期金东里文学的生命哲学考察
　　　　［J］.国语国文学，2002（131）.

［206］金恩京.金东里、黄顺元文学的比较考察：以传统和近代的关
　　　　系为中心［J］.韩国现代文学研究，2002（11）.

［207］金洙玄.作为金东里文学思想原型的花郎［J］.语文学，2002
　　　　（77）.

［208］李江彦.金东里小说地方性母题考察［J］.国家言语，2002，
　　　　17.

［209］裴京烈.金东里初期文学考察［J］.韩国文学理论与批评，

2002，17.

［210］朴宪浩. 金东里《解放》中的理念与通俗性的关系［J］. 现代小说研究，2002（17）.

［211］宋成宪. 金东里小说的文学史研究［J］. 我们的文学研究，2002，15.

［212］崔兰玉. 西巫拉帕《一幅画的后面》与金东里《等身佛》比较研究［J］. 世界文学比较研究，2003，8.

［213］洪基敦. 金东里小说与凡父的思想：以日据时期小说为中心［J］. 韩民族文化研究，2003，12.

［214］洪景杓. 有关金东里小说的世俗性：以初期短篇为中心［J］. 语文学，2003（81）.

［215］金杨善. 西方主义的心象地理与女性（性）的发明：以20世纪30年代后半期小说为中心［J］. 民族文学史研究，2003，23.

［216］金洙玄. 金东里思想流派研究［J］. 语文学，2003（79）.

［217］徐在吉. 20世纪30年代后半期世代论争与金东里的文学观［J］. 韩国文化，2003，31.

［218］赵会京. 金东里文学的生命想象力［J］. 文明杂志，2003，4（1）.

［219］朱谨玉. 空间的双重结构与仲裁者角色：以金东里的《石》为中心［J］. 语文研究，2003，41.

［220］安淑媛. 现代作家与驿马煞的再解读：以金东里《驿马》和朴景利《土地》为对象［J］. 韩国文学理论与批评，2004，24.

［221］车浩一. 白石的诗歌与金东里的小说比较：以土俗性为中心
　　　　［J］. 新国语教育，2004（67）.

［222］方旻华. 金东里道家式想象力研究：金东里《望远山》论
　　　　［J］. 韩中人文学研究，2004，13.

［223］方旻华. 第三人本主义与"花郎"的小说变容研究：以金东里
　　　　《萨班的十字架》为中心［J］. 现代小说研究，2004（24）.

［224］郭谨. 金东里历史小说的新罗精神考察［J］. 新罗文化，
　　　　2004，24.

［225］韩守英. "纯粹文学论"中"美的自律性"与"反近代"：以
　　　　金东里为例［J］. 国际语文，2004，29.

［226］洪基敦. 殖民地时代的世代论争研究：以文学制度的物质性条
　　　　件为中心［J］. 我们的文学研究，2004（17）.

［227］金炳佶. 解放时期、克服近代性、精神主义：读金东里《剑
　　　　君》有感［J］. 韩国近代文学研究，2004，5（1）.

［228］金翰植. 金东里文学二分法的世界认识研究［J］. 民族语文
　　　　学，2004，33.

［229］金美英. 金东里文学中自然的意义：以南北战争前发表的评论
　　　　与作品为中心［J］. 语文学，2004（84）.

［230］金美英. 金东里文学的自然观研究［J］. 韩国现代文学会学术
　　　　发表会资料集，2004.

［231］金明淑. 人性视角下李箕永、金东里的社会理想与美学观比较
　　　　［J］. 韩国学研究，2004，13.

［232］金洙玄. 金东里的创作方法论研究［J］. 语文论丛, 2004, 41.

［233］李振雨. 神话·咒术世界的小说形象化: 以20世纪30年代金东里初期短篇小说为中心［J］. 人文科学论文集, 2004, 37.

［234］林永奉. 金东里批评研究: 以评论集《文学与人类》为中心［J］. 语文研究, 2004, 32（3）.

［235］崔在铣. 第三人本主义论的文学性表现: 以金东里《萨班的十字架》为中心［J］. 语文学, 2005, 89.

［236］洪基敦. "仙"思想与超越近代的民族性: 关于金东里反日意识的思想依据［J］. 语文论集, 2005, 33.

［237］洪景构. 历史人物谈论与小说化过程: 有关金东里的历史短篇小说［J］. 语文学, 2005, 89.

［238］金翰植. 金东里纯粹文学论的三个层次［J］. 尚虚学报, 2005, 15.

［239］刘哲尚. 幻灭的浪漫主义和艺术家小说的一种面貌: 以金东里《率居》系列为中心［J］. 比较文学, 2005, 35.

［240］安美英. 金东里战后长篇小说的大众性［J］. 民族文化论丛, 2006（34）.

［241］崔明杓. 金东里"少年少女"小说研究［J］. 童话与翻译, 2006, 12.

［242］方旻华. 《龙》的儒家思想研究［J］. 韩中人文学研究, 2006, 18.

［243］郭谨. 金东里长篇小说《乙火》中庆州的意义［J］. 新罗文

化，2006，27.

[244] 金泰晔. 金东里小说中的庆北方言 [J]. 我们的语言文字，2006，38.

[245] 金孝贞. 金东里《乙火》考察：以矛盾性与家族伦理为中心 [J]. 国际语言文学，2006（13）.

[246] 江淑娥. 金东里的小说构成理论与作品的形象化研究 [J]. 倍达言，2006，38.

[247] 李粲. 金东里短篇小说《黄土记》研究 [J]. 韩国语言文学，2006，57.

[248] 李粲. 金东里批评的"浪漫主义"美学与"反近代主义"谈论研究：以《文学与人类》为中心 [J]. 语文论集，2006（54）.

[249] 李恩洙. 20世纪50年代文学批评的世界主义和美国式价值指向的相关性：以金东里的世界文学谈论为中心 [J]. 尚虚学报，2006，18.

[250] 朴恩泰. 金东里的《解放》研究 [J]. 韩国文艺批评研究，2006（20）.

[251] 赵贤一. 《文章》派之后的文学中出现的"朝鲜的"：以金东里的"悲剧的"为中心 [J]. 民族文学史研究，2006，31.

[252] 车元玄. 正典与动员：以20世纪60—70年代历史题材作品为中心 [J]. 民族文学史研究，2007，34.

[253] 崔在铣. 金东里小说《驿马》的结构诗学研究 [J]. 韩中人文

学研究，2007，20.

［254］方旻华. 金东里系列小说的佛教考察：从"禅"看其命运应对方式［J］. 文学与宗教，2007，12（1）.

［255］金洙玄. 20世纪60年代小说土俗性中的人本主义特性［J］. 语文论集，2007，36.

［256］李熙焕. 20世纪30年代新世代作家的两条路：以金廷汉与金东里的登坛作品为中心［J］. 韩国学研究，2007，17.

［257］许炳植. 殖民地的场所，庆州的表象［J］. 比较文学，2007，43.

［258］赵银河. 民间故事的现代接受研究：以三国遗事《广德严庄条》与金东里《愿往生歌》为中心［J］. 韩国文学理论与批评，2007，37.

［259］金健宇. 金东里解放时期的评论与京都学派哲学［J］. 民族文学史研究，2008，37.

［260］金翰植. 解放后纯粹文学文坛与世界文学的概念：以金东里和赵演铉为中心［J］. 民族文化研究，2008，48.

［261］金仁焕. 自作解说的局限性：以《巫女图》为例［J］. 民族文化研究，2008，49.

［262］金珍熙.《青鹿集》中的"自然"与正典化过程研究［J］. 韩国近代文学研究，2008，9（2）.

［263］李粲. 金东里小说《率居》系列研究［J］. 民族文学研究，2008，48.

［264］林永奉.金东里小说的救赎特征：以与佛教的关联为中心
　　　　［J］.我们的文学研究，2008（24）.

［265］刘任夏.战争中的人本主义与"国家"的视线：《兴南撤退》
　　　　的政治解读［J］.韩国文学研究，2008（34）.

［266］申贞淑.金东里巫俗小说中的情爱美学：以《巫女图》《月》
　　　　为中心［J］.国语国文学，2008（150）.

［267］吴扬浩.《黄土记》的三种读法［J］.国际语言文学，2008
　　　　（17）.

［268］徐恩珠.神圣性·性别·民族：以金东里小说为中心［J］.女性
　　　　文学研究，2008，19.

［269］许莲花.金东里佛教小说研究［J］.韩国现代文学研究，2008
　　　　（25）.

［270］郑长镇.宗教式超越：以金东里《巫女图》和莫里亚克《苔蕾
　　　　丝·德斯盖鲁》的比较文学考察为中心［J］.比较文学，2008
　　　　（46）.

［271］方旻华.金东里《弥勒郎》中的花郎与弥勒信仰的相关性研究
　　　　［J］.韩国文学理论与批评，2009，45.

［272］方旻华.《水路夫人》民间故事的小说变容研究：以金东里
　　　　《水路夫人》为对象［J］.韩中人文学研究，2009（27）.

［273］金炳佶.金东里历史小说与东方精神：以"新罗篇"系列的谈
　　　　话分析为中心［J］.现代文学研究，2009，38.

［274］金洙玄.金东里的阴影与美学化"历史意识"的土俗性：读韩

胜源《恨》系列与《废村》有感［J］.语文论集，2009，42.

［275］郑虎雄.金东里小说与花开：《驿马》再阐释［J］.文学教育学，2009，30.

［276］车承基.东方·朝鲜·文章［J］.韩国近代文学研究，2010（21）.

［277］陈永福.解放后的文化本质主义写作：以金东里的《白民》活动为中心［J］.韩民族语文学，2010（56）.

［278］崔恩英.金东里初期小说的抒情小说特质研究［J］.现代文学理论研究，2010（43）.

［279］方旻华.新罗人"爱"的美学与文人精神：以金东里《强首先生》为对象［J］.韩中人文学研究，2010，30.

［280］韩守英.金东里和"朝鲜的"：关于日据末期金东里文学思想的形成及其性质［J］.韩国近代文学研究，2010，11（1）.

［281］洪基敦.金东里：新文艺复兴的企划与失败［J］.我们的文学研究，2010（30）.

［282］金翰成.读《巫女图》有感：从环境批评视角出发［J］.文学与环境，2010，9（2）.

［283］金美香.20世纪50年代战后小说中家族的形象化及其意义［J］.现代小说研究，2010（43）.

［284］李粲.金东里长篇小说《萨班的十字架》研究：形式美学特质与主题意识的相关性为中心［J］.我们的语文研究，2010，38.

［285］林永奉. 金东里文学的原体验：有关《池塘》幻想性的精神分析［J］. 人文科学研究，2010（27）.

［286］文慧媛. 李炯基初期批评的印象批评特征研究［J］. 韩中人文学研究，2010，30.

［287］吴梁镇. 郑飞石的《城隍庙》与金东里的《山火》的自然意义［J］. 韩国近代文学研究，2010，11（2）.

［288］许莲花. 金东里长篇历史小说《三国志》《大王岩》研究［J］. 韩国现代文学研究，2010（31）.

［289］郑妍姬. 战后小说"不在的父亲"和"变形的父亲"研究：以金东里《喜鹊的叫声》、孙昌涉《血书》、徐基源《暗射地图》为对象［J］. 人文语言，2010，12（1）.

［290］洪基敦. 文明转换期与金东里的"新文艺复兴"［J］. 语文论丛，2011，55.

［291］金炳佶. 韩国战争时期金东里小说研究（1）：以书志考和版本比较为中心［J］. 现代小说研究，2011（47）.

［292］金大成. 制度、正常化与区域文学的力学关系：以避难文坛和杂志型图书的相关性为中心［J］. 现代文学研究，2011（43）.

［293］金谨浩. 金东里小说的人物形象化：以《巫女图》和《乙火》的比较为中心［J］. 我们的语言文字，2011，53.

［294］金昔焕. 金东里诗集《石竹花》研究［J］. 韩国文艺批评研究，2011（36）.

［295］金昭妍. 金东里《巫女图》改作中的作家意识研究［J］. 人文
研究，2011（62）.

［296］李粲. 解放期金东里文学研究：以谈论的指向性与政治性的关
系为中心［J］. 批评文学，2011（39）.

［297］李贞淑. 解放期小说中的"还乡"情况考察［J］. 现代小说研
究，2011（48）.

［298］吴昌恩. "民族文学"概念的历史性理解［J］. 美学·艺术学研
究，2011，34.

［299］吴梁镇. 金东里小说中的自然时空研究：以《喜鹊的叫声》为
中心［J］. 民族文化研究，2011，55.

［300］许莲花. 金东里小说的乱伦主题研究［J］. 韩国现代文学研
究，2011（34）.

［301］郑在琳. 金东里小说"近代/传统"的背驰及其意义［J］. 批评
文学，2011（42）.

［302］金承焕. 韩国近代小说与釜山的时·空间性：以金东里《密茶苑
时代》为中心［J］. 现代小说研究，2012（49）.

［303］金城镇. 金东里早期小说中原始热情的现代性［J］. 国语国文
学，2012（160）.

［304］金南昔. 剧本《驿马》中"路"的形象研究［J］. 韩国文学理
论与批评，2012，16（1）.

［305］金翰植. 金东里与战后文学舞台［J］. 季刊抒情诗学，2012，
22（4）.

［306］金洙玄. 发掘金东里小说《洋槐树荫下》外2篇［J］. 近代书
志，2012（5）.

［307］李彩媛. 从比较文化视角看金东里文学：以《喜鹊的叫声》和
《瑟堡的雨伞》为中心［J］. 韩国文学理论与批评，2012，
54.

［308］李珉英. 解放期小说中"国—家"象征研究：以金东里、金东
仁、严鸿燮小说为中心［J］. 现代小说研究，2012（49）.

［309］李平全. 20世纪50年代存在主义批评与新人论研究［J］. 人文
研究，2012（65）.

［310］李尚远. 第二国民兵的小说化情况一考［J］. 韩国文学论丛，
2012，61.

［311］李在福. 黄顺元与金东里比较研究：以《移动的城》和《巫女
图》的萨满教思想和近代性为中心［J］. 语文研究，2012，
74.

［312］梁振午. 庆州的深渊，金东里的文学［J］. 季刊抒情诗学，
2012，22（4）.

［313］柳昌信. 原始信仰巫文化的文学展开：以沈从文和金东里为中
心［J］. 中国人文科学，2012，51.

［314］卢承旭. 金东里小说萨满教接受情况［J］. 人文学研究，
2012，42（4）.

［315］朴民圭. 解放期传统主义诗论研究：以青文协为中心［J］. 语
文学，2012（118）.

［316］朴宥姬. 萨满的记忆：韩国电影中的"萨满"［J］. 现代文学理论研究，2012（48）.

［317］权泽荣. 金东里文学的生物人性［J］. 韩国文学理论与批评，2012，16（1）.

［318］申贞淑. 近代人的分离意识与对"新人本主义"的渴望：以金东里"终极人生形式"为中心［J］. 季刊抒情诗学，2012，22（4）.

［319］申贞淑. 渴望合一与庆州（新罗）的神话形象化：以金东里长篇历史小说《三国志》（上篇）《大王岩》（下篇）为中心［J］. 韩国文学理论与批评，2012，56.

［320］申贞淑. "终极人生的形式"与人的救赎问题：以金东里《率居》系列小说为中心［J］. 现代小说研究，2012（51）.

［321］宋明熙.《密茶苑时代》中的"釜山"与"密茶苑"的恋地情结［J］. 韩国文学理论与批评，2012，16（1）.

［322］宋洙贤. 近代的外部，对东方的思考：以金东里和朴常隆20世纪60年代小说为中心［J］. 韩国文化研究，2012，23.

［323］文兴述. 金东里民族文学论与第三人本主义论［J］. 人文论丛，2012，24.

［324］吴恩晔. 金东里小说中的神话意象与空间：以《月》《池塘》《金达莱》为中心［J］. 韩国文学理论与批评，2012，54.

［325］吴恩晔. 金东里小说的神话母题研究［J］. 韩中人文学会国际学术大会论文集，2012（1）.

［326］吴恩晔.金东里小说的变身母题研究：以新罗系列小说为中心
　　　［J］.韩国语言文学，2012，82.

［327］赵成熙.解放期纯粹文学论争的去近代性研究［J］.民族语文
　　　学，2012，48.

［328］崔浩镇.《黄土记》的结构和美学价值［J］.语文论丛，2013
　　　（24）.

［329］洪基敦.统一新罗谈论与仙教的再发现［J］.我们的文学研
　　　究，2013（38）.

［330］洪基敦.古都之梦与废都作家：金东里和庆州［J］.韩国现代
　　　文学会学术发表会资料集，2013（8）.

［331］洪基敦.金东里的终极人生与佛教思想的"无"：读金东里小
　　　说2［J］.人类研究，2013（25）.

［332］洪基敦.以"仙"思想谋求人类与自然的融和：读金东里小说
　　　1［J］.瀛州语文，2013，26.

［333］洪洙英.金东里当代长篇小说研究［J］.韩国现代文学研究，
　　　2013（39）.

［334］金炳佶.金东里小说改写情况与"正典"问题：以《真兴大
　　　王》系列发掘事例为中心［J］.韩国学研究，2013（30）.

［335］金洙玄.金东里《解放》研究［J］.语文学，2013（121）.

［336］金洙玄.解放时期金东里小说现实意识变化考察［J］.韩国现
　　　代文学研究，2013（40）.

［337］李哲浩.事实、人本主义、命运：以金东里的《解放》

（1950）为中心［J］. 现代文学研究，2013（49）.

［338］申贞淑. 金东里文学思想的形成与惠化专科学校［J］. 韩国近
代文学研究，2013，14（2）.

［339］表正玉.《三国遗事》中宗教的神话性建构与小说变容的符号
化过程：以金东里小说《愿往生歌》和《水陆夫人》为中心
［J］. 符号学研究，2014，38.

［340］金炳佶. 金东里新罗系列历史小说的版本比较研究［J］. 大东
文化研究，2014，87.

［341］金慧美. 金东里研究：以原型体验的文学形象化为中心［J］.
语文论丛，2014（25）.

［342］金贞贤. 20世纪40年代韩国对尼采的接受：以李陆史、金东
里、赵演铉文学为中心［J］. 尼采研究，2014，26.

［343］李恩洙. 对文学的期待与愤懑：以金东里文学（文论）研究为
对象［J］. 人文学研究，2014，19.

［344］李庆哉. 金东里文学的佛教想象力研究：以对称性思维为中心
［J］. 语文研究，2014，42（3）.

［345］李哲浩. 消失的鬼魂：再论李海朝《花之血》与金东里《巫女
图》［J］. 尚虚学报，2014，40.

［346］李贞淑. 韩国近现代小说中城北洞、洛山一带形象化考察
［J］. 汉城语文学，2014，33.

［347］梁振午. 佛教想象力与救赎的文学意义：以金东里初期作品为
中心［J］. 国际韩人文学研究，2014（13）.

［348］柳海春. 韩国和土耳其文学中的东西方文化矛盾：以《巫女图》和《我的名字叫红》为中心［J］. 国学研究论丛，2014（13）.

［349］南正熙.《金东里历史小说：新罗篇》原著奇异性的去除［J］. 我们的文学研究，2014（41）.

［350］朴妍姬. 20世纪70年代统一叙事与民族文学论［J］. 韩国文学研究，2014（47）.

［351］宋熙福. 新罗精神的小说接受与浪漫式前近代叙事：金东里《新罗篇》研究［J］. 国际语言文学，2014（30）.

［352］车奉俊. 金东里小说受难母题的文学性接受：以《萨班的十字架》和《复活》为中心［J］. 韩国文学与艺术，2015，16.

［353］洪洙英. 黄顺元小说与金东里小说中文学哀悼的面貌比较研究［J］. 现代小说研究，2015（59）.

［354］金炳佶. 金东里历史小说"新罗系列"的"神佛信仰"研究［J］. 禅文化研究，2015，18.

［355］金善旭. 李泰俊、金东里、崔贞熙小说中的城北洞·骆山一带的空间［J］. 汉城语文学，2015，34.

［356］金永洙. 金东里《等身佛》反映的佛教大乘精神［J］. 中韩语言文化研究，2015，9.

［357］金洙玄. 金东里与多率寺体验［J］. 语文学，2015（127）.

［358］李承夏. 金东里与黄顺元诗歌中的死亡意识考察［J］. 国际语言文学，2015（32）.

［359］林永奉. 再读金东里《喜鹊的叫声》：以"母性的超我"和"死亡冲动"的表现为中心［J］. 语文论集，2015，61.

［360］裴京烈. 金东里初创期评论的文学世界考察［J］. 韩国艺术研究，2015（11）.

［361］朴玄秀. 解放期超越主义的本质与思想史特性：论金东里"终极人生的形式"［J］. 韩国现代文学研究，2015（45）.

［362］申贞淑. 金东里文学观与尼采艺术观的相互关联性研究［J］. 韩国现代文学研究，2015（47）.

［363］申贞淑. 俄狄浦斯情结的文学变容与伪装：以金东里长篇小说《萨班的十字架》为中心［J］. 国际语文，2015（65）.

［364］许允. 解放期金东里小说的男性性研究：以《解放》为中心［J］. 韩国现代文学会学术发表资料集，2015（2）.

［365］郑恩基. "纯粹"文学概念的展开与"变容"：以近代文学形成期文学场"纯粹"关联语的运用为中心［J］. 现代文学理论研究，2015（62）.

［366］孔任顺. 朴钟和与金东里的地位［J］. 史学研究，2016（121）.

［367］林珍英. 南下作家的自我意识与对权利的讽刺：黄顺元《不如杀了我》与"新罗谈论"的文学史脉络［J］. 现代文学研究，2016（58）.

［368］宋德浩. 金东里与巴尔扎克小说中的死亡与再生的炼金术［J］. 世界文学比较研究，2016，57.

［369］吴泰荣. 解放期性别政治与男性说教（mansplain）：以郑飞石，金东里，廉想涉长篇小说为中心［J］. 现代小说研究，2016（63）.

［370］崔艺烈. 金东里战后文学研究［J］. 南道文化研究，2017（32）.

［371］方珉浩. 韩国战后文学研究方法［J］. 春园研究学报，2017（11）.

［372］洪基敦. 日据后半期的新人本主义论考察：以金五圣、安含光、金东里为中心［J］. 我们的文学研究，2017（53）.

［373］金福姬. 政治作品的创作典型：以金东里登坛作《山火》（1936）改写情况为中心［J］. 韩国文化杂志，2017，38.

［374］金钟会. 金东里小说与人本主义的两种类型以《乙火》和《萨班的十字架》为中心［J］. 批评文学，2017（66）.

［375］全桂成.《轮回说》中金东里的现实认识研究：以蟾蜍寓言为中心［J］. 我们的语言文字，2017，74.

［376］蔡艺蓝. 金东里《巫女图》改作研究："巫"的强调与局限性［J］. 韩国文学与艺术，2018，28.

［377］崔浩宾. 20世纪30年代后半期同人文坛的形成与世代论的展开：以诗人部落为中心［J］. 韩国近代文学研究，2018，19（1）.

［378］江永期. 金东里的宗教矛盾与纳瓦拉·斯科特·莫马代的文学性化解：以《乙火》和《日升之屋》为中心［J］. 东西比较文

学频道，2018（46）.

［379］李多京，金钟会.金东里小说中的空间意义考察：以短篇小说为中心［J］.国际语文，2018（77）.

［380］罗宝玲.解读避难地文坛的一种方式：金东里《密茶苑时代》中的场所政治［J］.韩国现代文学研究，2018（54）.

［381］申贞淑.死亡的恐怖与魅惑之间：以金东里小说中死亡的二重性为中心［J］.文化与融合，2018，40（2）.

［382］张恩英.战争期人本主义批评的逻辑与局限性［J］.我们的文学研究，2018（59）.

［383］金圣恩.金东里《巫女图》中的原型象征及其意义［J］.新罗文化，2019，54.

［384］金元姬.韩国战后金东里小说中的空间意识研究：以20世纪50年代短篇小说为中心［J］.批评文学，2019（74）.

［385］李慧珍.解放空间青年人之间的联和与敌对的疑难：以金东里《解放》为中心［J］.我们的文学研究，2019（62）.

［386］全桂成.金东里小说的对立结构与人生的终极：近代与反近代的二分法［J］.岭南学，2019（70）.

［387］全桂成.金东里《率居》系列的宗教意义［J］.韩国文艺批评研究，2019（61）.

［388］沈英德.金东里初期小说的心理学研究：以荣格的集体无意识为中心［J］.韩民族语文学，2019（84）.

［389］徐宝浩.金东里报纸连载小说的"梗概文本"研究［J］.国语

国文学，2019（187）.

［390］池贤培. 东学符号与庆州：以金东里和朴木月作品为中心
　　　［J］. 东学学报，2020（55）.

［391］江镇浩. 改写与作家的本质：解放后李泰俊和金东里小说的改
　　　写［J］. 人文科学研究，2020，42.

［392］李光旭. 文坛的更新意志与历史的延续性探究之路：以林和、
　　　金麒麟、金东里"新世代论"为中心［J］. 民族语文学，
　　　2020，64.

［393］刘文植. 金东里小说中庆州"恋地情节"研究：以庆州古城墙
　　　和"艺妓清水"为中心［J］. 新罗文化，2020，55.

［394］朴秀贤. 以治愈为目的的小说教育与经典的再阐释：以金东里
　　　《驿马》为中心［J］. 比较韩国学，2020，28（2）.

［395］全桂成. 国家的花郎精神称谓与金东里的文学对应：以《花郎
　　　外史》和金东里短篇历史小说的差异为中心［J］. 岭南学，
　　　2020（72）.

［396］全桂成. 金东里历史小说的与神性研究［J］. 韩国文艺批评研
　　　究，2020（65）.

［397］全熙善. 朝鲜文学家同盟的缔结及其"中""和"的性质
　　　［J］. 韩中人文学研究，2020，67.

［398］高智慧. 20世纪50年代"新罗"谈论与国家叙事创作：以金东
　　　里的新罗系列创作为中心［J］. 现代小说研究，2021（82）.

［399］金阿连. 解放时期金东里小说展示的两种纯粹文学面貌［J］.

人文社会21，2021，12（4）.

［400］金永范.20世纪30年代中后期世代谈论考察［J］.语文论集，
2021（93）.

［401］全桂成.金东里小说中"与神性质的人"的超越性质：以《巫
女图》《萨班的十字架》《等身佛》为中心［J］.文学与宗
教，2021，26（2）.

［402］张丰硕.金东里《驿马》和沈从文《边城》的比较研究：以文
明观为中心［J］.人与自然，2021，2（1）.

［403］崔培恩.试论历史题材故事短篇小说：以金东里、孙昌涉短篇
历史小说为中心［J］.故事与形象，2022，23.

［404］罗俊成.弥补与拮抗：初期现代文学学术界与文学界之间
［J］.韩国现代文学研究，2022（67）.